O —
editora Urutau

rua maestro demétrio kipman, 210,
jardim américa, bragança paulista — sp,
12902-130, brasil

avenida peirao besada, 6 – 2D
36163 poio-pontevedra
(espanha)

[+34] 644 951 354 [espanha]
[+55] 11 9 4859 2 426 [brasil]

www.editoraurutau.com.br
contato@editoraurutau.com.br

[EDITORES]
tiago fabris rendelli & wladimir vaz
[COORDENAÇÃO DE REVISÃO]
debora ribeiro rendelli
[REVISÃO]
juliana palermo
[CAPA E DIAGRAMAÇÃO]
victor prado

dados internacionais de catalogação na publicação (CIP) de acordo com ISBD

callazans, diego

C156t teresa / diego callazans. bragança paulista, sp: editora urutau, 2021. 116 p. ; 13 x 19cm.

ISBN 978-65-5900-146-0

1. literatura brasileira. 2. novela I. título.

CDD 869.89923

2021-3353 CDU 821.134.3(81)-31

elaborado por vagner rodolfo da silva - CRB-8/9410

TERESA

DIEGO CALLAZANS

[primeira edição]

URUTAU

setembro de 2021

sumário

I

Quando Teresa chegou a Florianópolis, com as poucas economias que sua mãe guardara para um curso universitário privado (caso não passasse em um público) e alguns dias — ao menos — de garantia na casa de uma amiga da família, ela tinha apenas suas mínimas coisas entulhadas numa mala e numa sacola... e um anúncio de teste de modelo a ocorrer naquela tarde, que foi visualizado por acaso em uma página que o *Facebook* lhe apresentou como consequência de seu algoritmo impreciso. Após três horas em um ônibus da Catarinense, cansada e aturdida com o trânsito impossível da cidade, a jovem encontrou, perguntando aqui e ali, o local da audição. Foi um sucesso: ela ficou com a vaga. Seria uma das seis moças que embelezariam uma exposição de veículos no domingo; um trabalho nada glamouroso, mas era preciso começar por algo. Surpreendentemente lhe pagaram adiantado — e em espécie.

Teresa, que nunca se achou tão bela quanto tantos lhe diziam que era, pela primeira vez viu real vantagem em sua aparência impecável de atriz global. Santa Catarina era famosa por suas beldades profissionais, e não era ingenuidade sua supor que poderia entrar nesse filão, talvez não como uma *top* milionária, mas como uma modelo para consumo local. Usou o dinheiro do trabalho — e mais um tanto do que trouxera — para alugar um apartamento miúdo, ainda que bem dividido, na zona boêmia do Centro, entre botecos e lojinhas, com o som dos veículos servindo de paisagem acústica contínua.

Durante a mudança, facilitada pela ausência de móveis, conheceu André, seu vizinho de porta, um belo mas estranho rapaz de vinte e três anos, que a ajudou a posicionar suas tralhas. O rapaz, que deixou rolar no *YouTube* — a todo volume — a canção *Wild World* na versão exibida no último episódio da primeira temporada de *Skins*, prontificou-se a auxiliá-la no que fosse preciso para que a jovem se sentisse em casa na ilha. Teresa vinha de Blumenau, onde nascera e onde ainda estavam sua mãe e sua irmã menor. André era natural de Florianópolis e conhecia a cidade o bastante para se oferecer a apresentar-lha. Ficara claro para a própria Teresa que o moço havia se encantado com ela, que nunca fora dada a ter interesses amorosos, ocupada em seus problemas familiares. Ao menos conquistara um amigo no prédio — o que era sempre algo útil.

Passou duas horas a planejar onde ficariam os móveis que arranjaria com seus próximos trabalhos como modelo, enquanto contava o que lhe sobrara no caixa, calculando o tempo de tranquilidade que isso compraria. Poderia usar seus recursos para adquirir ao menos uma cama, considerou, mas preferia dormir no colchonete minguado que trouxera de casa e guardar a grana para as despesas indispensáveis, para o caso de sua beleza não abrir tantas portas quanto o esperado. Organizou seus poucos cacarecos por seu apartamento de um quarto, com o vazio deixando a impressão de ser ali um espaço muito maior. O desconforto do aperto não incomodava. A autonomia tinha seu preço.

Em seus dezenove anos, era a primeira vez que se afastava do lar de sua infância. Na casa em que ficara hospedada, ainda tinha companhia para evitar o silêncio total da noite — embora a irritassem com os pedidos contínuos de que voltasse ao lar e se entendesse com a mãe. Naquele apartamento, porém, contava apenas com os ruídos cortantes do trânsito para embalar seu descanso. Deitou-se no colchonete e cobriu-se com a mesma colcha que a protegera durante a adolescência. Ela pensava nos próximos dias, nos meses por vir, no mais de sua vida. Demorou mais que o costume para cair no sono, mas ao menos dormiu pesado e direto até as primeiras horas da manhã.

Acordou com a boca pastosa, o travesseiro empapado e seus cabelos naturalmente louros, desgrenhados, a postar-se entre os lábios. Cumpriu sem reservas os ritos naturais do banheiro, demorando-se na ducha quente mais do que o que seria aconselhável ao orçamento. Logo após, ela se dirigiu à cozinha, para mexer no saco de compras, vedado — para evitar as mil pragas domésticas que, num pardieiro daqueles, por certo, erigiram abrigo. Já não tinha a mãe para o café de sempre, encorpado e amargo.

Nunca fora de comer muito, por isso mantinha-se tão magra. Optou por uma bergamota, deixando uma maçã e algumas uvas para o almoço. Estava acostumada a consumir aquela fruta fria. Contudo, a ausência de uma geladeira impossibilitava o deleite. Como ainda não tinha lixeiro, guardou as sobras de seu desjejum próximas ao saco de compras, para jogá-las fora assim que pudesse. Escovou seus dentes branquíssimos, ajeitou seus cabelos virgens e foi consultar seu vizinho amigável, saber se ele conhecia alguma agência de modelos.

O trabalho com os automóveis fora conseguido diretamente, e quase que por um acaso. Ela preferia a segurança de pertencer ao catálogo de uma empresa renomada. Mas isso André não conhecia. Prontificou-se a procurar com ela o quanto antes. Convidou-a a tomar um café com ele — o que ela negou, — mais por pudor que por receio. Ainda não o conhecia o bastante para sentir-se à vontade em seu apartamento. Ele não encarou a recusa como desdém. Entendeu sua reticência. Pediu-lhe que ela esperasse um tanto enquanto concluía sua refeição e se arrumava, para juntos darem uma volta pelo bairro em busca do que Teresa desejava. Era uma região repleta de empresas, que atendiam a todo tipo de demanda. Por certo encontrariam um local onde ela pudesse prestar serviço.

Foi otimismo em excesso. De fato, acharam empresas que agenciavam modelos, e não foram poucas, mas a jovem foi considerada unanimemente velha demais para começar tal carreira do modo devido. Rodaram toda a vizinhança, voltando apenas na hora do almoço. Nesse momento, Teresa sentia-se tão cansada e entristecida pelos acontecimentos que aceitou o convite para comer com André. Entrava em seu apartamento com a alma desarmada — viesse o que viesse.

O canto do rapaz era pouco mobiliado, mas aconchegante. André trabalhava como baterista, tocando o mais das vezes em gravações de discos alheios e como substituto em bandas. Ele juntara o bastante para mobiliar minimamente seu lar, com ajuda de sua família, que apoiava sua carreira por mera conveniência, por ser mais fácil cuidar dele à distância. O rapaz parecia uma criatura frágil, a quem era melhor se tocar com cautela; e era de uma gentileza que, de tão inusual, desconcertava. Ele preparou uma macarronada, que devorou com mais vontade que sua convidada.

Teresa só não recusou o macarrão por cortesia — evitava carboidratos espontaneamente. Não era como se seguisse uma dieta rigorosa. Ela era só mais afeita a frutas e verduras do que a massa, batata e arroz. Era uma modelo por natureza. Quão lamentável, que as empresas que encontrara preferissem mocinhas mal afeitas ao absorvente para desenvolverem uma carreira mais longa! Acharia uma que aceitasse uma mulher já formada, de dezenove anos recém-concluídos; assim o esperava. E André, com a boca cheia de espaguete, concordava com ela, a reanimar seu ego caído.

Formaram ali uma comovente amizade. Os dois rondaram o interior do apartamento, com o rapaz a lhe contar sua história — tão tediosa e patética que Teresa se esforçava para lembrar uma mínima parte. Quando foi a vez da moça apresentar-se em minúcias, ela não pôde reter as verdades de sua vida e inundou os ouvidos de André com miudezas.

Lamentou-se de tudo, desde a saudade do pai, que se matara quando ela tinha onze, à mágoa que por conta disso nutria de sua mãe; do seu desinteresse por sua irmã, uma criança esquisita, solitária e fechada em seu mundo, à sua ânsia por começar uma vida nova, longe de sua família.

Quando ele comentou que não vira móveis em sua mudança, ela retorquiu que era por não ter nenhum. Preocupado, André ofereceu sua cama. Logo após, para deixar claro o seu intento, rompendo quaisquer insinuações de natureza sexual, disse que emprestaria a ela sua cama e dormiria no sofá pelo tempo que levasse para ela comprar uma para si. Teresa chegou a pensar em aceitá-lo... Mas disse que seria reconhecer sua derrota e não estava preparada para tanto. O desconforto de seu apartamento vazio era uma motivação para procurar emprego. E, ademais, não seria justo que André sofresse por sua causa.

Sem outro trabalho em vista, Teresa focou-se em aproveitar seu bico no lançamento dos carros para formar uma rede de possíveis contratantes. Mesmo com a vaga já garantida, preocupou-se em moldar sua aparência à de uma modelo profissional. Para isso, gastou um bom tanto no cabeleireiro e outro em uma loja de roupas. Quando André a viu saindo do apartamento para ir ao salão de automóveis, não conseguiu conter uma interjeição de espanto. Ela estava mesmo fabulosa. Talvez até demais para tal evento.

Ao chegar ao local do trabalho, mal conseguiu se apresentar como uma das modelos, foi logo conduzida ao cômodo onde suas colegas se trocavam e ganhou o traje que deveria usar. De nada adiantara seu gasto com roupa. Quando terminou de se vestir, deram-lhe uma plaqueta com seu nome. Ao olhar-se no espelho, notou que ela havia sido trocada. Teresa não se chamava Laura, como ali dizia... embora, ao pensar a respeito, sentiu que gostaria disso. Ela estava tão tímida que não queria pedir que corrigissem o engano. E a dona da placa não reclamou a troca. Como duas garotas faltaram, era certo que uma delas fosse a tal da Laura. Para evitar constrangimentos, aceitou ser chamada por esse nome pelo resto da noite.

O evento era de alto nível. Quase todos os presentes eram homens, sempre muito bem-vestidos. Alguns, não muitos, estavam acompanhados por mulheres, impecáveis. Havia poucas delas vagando sozinhas pelo salão. Os olhares de admiração eram dirigidos tanto aos carros quanto às moças que ficavam ao seu lado. Teresa sentia-se encabulada com o modo como pareciam despi-la no imaginário. Estava acostumada a sofrer tal tipo de assédio desde pré-púbere, como toda mulher, mas não com aquela insistência e vindo de tantos lados. Estava corada e febril.

A coordenadora da feira aproximou-se dela e disse-lhe que tomasse um copo d'água e se recompusesse. Não era profissional ser tão tímida. Teresa afastou-se da multidão, indo à copa para refrescar-se. Quando voltava, trombou com um homem mais velho, na casa dos quarenta, charmoso e gentil, que retornava do banheiro. Pediram-se desculpas. Ele riu do jeito nervoso dela. Engataram uma conversa branda, em que Teresa mentiu sobre o próprio passado. Se ela era

Laura naquele evento, não poderia ter também uma outra vida a relatar? Entrosaram-se, apesar da timidez da moça.

Quando Teresa saiu do evento, meia hora após o fim da feira, o homem aguardava por ela. Ofereceu uma carona. Ela apenas aceitou porque era algo que, em seu entender, Laura faria. Nas poucas horas em que havia aceitado ser chamada de Laura, desenvolvera esse nome como se fosse uma personagem que ela estivesse disposta a interpretar muitas vezes. Era uma figura mais descolada do que ela, mais livre, mais atirada. Por isso estava naquele carro com um total estranho, indo sabe-se lá para onde.

Chamava-se Carlos, o sujeito. Disse que tinha uma concessionária em Joinville e estava em Florianópolis apenas aquela noite. Perguntou se ela gostaria de jantar com ele. Teresa, que já estava completamente imersa no papel, aceitou. Comeram em um restaurante bonito, discreto e prazeroso em Cacupé. Ele já tinha estado naquele local; sabia o que pedir e o nome dos atendentes. Conversaram por duas horas.

Ela deleitou-se em inventar uma nova família para si: um pai vivo, uma mãe morta, nada de irmãos. Era uma fantasia sua que se realizava. A vida que queria. Quando ele lhe perguntou se estudava, ela disse que fazia Federal. Ao ser questionada sobre o curso, levou um tempo pensando no que dizer. "Psicologia". Escolheu tal curso porque achou que combinava com a figura de Laura, profunda conhecedora do comportamento humano. Teresa mesma nunca escolhera um curso superior. Sua mãe pressionava-a para fazer Direito, para ser uma promotora como ela — ou, ainda melhor, uma juíza. Diferentemente de sua contraparte fictícia, ela perdera o pai, mantinha a mãe e arrastava nas costas — era o que sentia — uma irmãzinha inútil. Mas, durante aquela noite, ela era outra. Permitiu-se até apreciar um vinho, uma bebida de que não gostava, acostumada às cervejas artesanais de sua cidade. Sofisticada e interessante como era, Laura devia preferir um tinto de boa safra.

Quando a jovem percebeu, já havia aceitado passar a noite com o estranho. Ele era tão sedutor, e Laura tão liberal e viva. Ele a levou para seu hotel, que ficava próximo ao restaurante. Pagou uma taxa extra para deixarem que ela dormisse com ele em seu chalé. Teresa estava levemente ébria, mas ainda atenta. Havia decidido dar férias a si mesma por uma noite. Por que não poderia desfrutar da companhia de um homem tão charmoso e gentil? Ele tinha o rosto de quem já fora lindo e agora era a lembrança de uma beleza. Mantinha o corpo na forma que podia — agradável mais ao toque que ao olhar. Era perfumado, mas não em excesso: apenas o bastante para deixar sua marca.

Era um homem; não um dos muitos moleques com quem Teresa, mais por curiosidade que por interesse, estivera até então. Ele sabia despi-la com a devida calma. Sabia apreciar a topografia de seu corpo. Conduzia-se com a firmeza dada pela experiência. Sabia agradar. Ela deixou-se estar nas mãos daquele homem. E passaram a noite entremeando-se. Quando ela acordou, às nove horas, com uma leve ressaca e o cheiro do perfume dele a impregnar o ambiente, Carlos já havia partido, mas deixara, no criado-mudo, um grosso bolo de notas de cem reais e um bilhete improvisado, agradecendo pelo carinho e informando seu telefone para contato futuro.

II

Teresa decidiu que seria Laura outras noites. Não o comunicou a ninguém. A quem haveria de dizê-lo? O único a quem lhe ocorreu de contar fora André, mas temia magoá-lo com a notícia. Ela notara seu interesse, mas esse não era recíproco, e ela não conseguiria fingi-lo. A jovem não queria perder sua amizade, tão recente, porém, àquela altura, já tão relevante. Era sua única companhia de fato naquela ilha entulhada. Era o vento sul a amainar o calor litorâneo — ela tão mais afeita ao frio. Quando voltou para seu apartamento, na manhã seguinte ao evento, vendo-o em sua porta a encará-la, resolveu mentir-lhe, dizendo que dormira na casa de uma de suas novas amigas, modelos, após uma festa. No entanto, aquele seu cheiro de perfume masculino, intenso e caro, era denunciador.

André concluíra, dos indícios observados, que Teresa dormira com um homem mais velho e rico, que provavelmente conhecera no evento. Sentia ciúme, era certo, mas de uma modalidade invulgar. A bem da verdade, não lhe importava que ela tivesse ou não transado com outro homem, mas temia que ela se envolvesse romanticamente com alguém e o esquecesse de todo — ou que seu novo amor a proibisse de frequentar seu apartamento. André não tinha desejos sexuais por Teresa; nunca os tivera por ninguém. Mas nutria a fantasia de fazê-la sua namorada, de passarem as noites juntos a assistir às suas séries favoritas na *Netflix*, abraçados no sofá sob uma mesma coberta. Era esse seu ideal de amor.

Teresa, mal entrou em casa, fitou as cédulas adquiridas com seu suor, a planejar o que faria com elas. Decidira investir em si. Adquiriria novos vestidos — e seriam todos ao gosto de homens como Carlos. Sabia bem o tipo de traje, sedutor e elegante, que atraía aquela gente. Deixou as notas em uma caixa de remédios e começou a despir-se de Laura. Foi quando lhe veio, como um brusco golpe, o que fizera — e toda a sua educação católica lhe foi despejada sobre as costas tesas de uma vez, a fustigá-la por seu ato sórdido. Foi banhar-se com raiva de si; tentava em vão livrar-se do cheiro de macho velho.

No chuveiro, não conseguiu evitar as lágrimas. Pensava no que sua mãe diria se soubesse. No que pensariam dela as suas colegas de escola. Aquilo não deveria se fazer conhecido em Blumenau, de modo algum. Esfregou sua pele, mas a vergonha estava entranhada. Saiu da ducha perdida. Prepararia um chá se tivesse um fogão. Vestiu um pijama antigo e deitou-se em seu colchonete a remoer a noite anterior. O dinheiro era o espinho. Tirasse-o do lance, tivera apenas um encontro casual com um homem interessante. E quem a julgaria por dar-se a uma aventura eventual? E se o fizesse de novo? E se, mais uma vez, lhe pagassem?

E por que considerar aquele pequeno monte de cédulas de cem reais como o pagamento por um serviço? Por que não o entender como um presente fortuito de um amante ocasional? Teresa acalmava-se com aquele raciocínio. Ademais, havia sido Laura a aceitar o convite e a receber o dinheiro, não ela. A jovem modelo estava devotada a construir uma segunda persona para livrar-se da infâmia. Pensava em comprar roupas que marcassem bem essa separação. Vestiria apenas trajes casuais como Teresa, e somente vestidos arrebatadores como Laura. Esta usaria maquiagem pesada, enquanto aquela andaria sempre com a face limpa. Apenas Laura aceitaria tais convites, apenas Laura ganharia tal dinheiro; embora fosse Teresa a decidir como gastá-lo.

Imaginou seu apartamento cheio de móveis. Quiçá até sob medida. Imaginou-se confortável naquele espaço miúdo. Era a chance da tão sonhada autonomia. E daí se ela não vinha na forma de um trabalho tradicional? Prestava um serviço como qualquer outro. Como uma terapeuta ou uma massagista, minimizaria o sofrimento, a ansiedade e o cansaço de homens como Carlos. Ora, por que não? Estava decidido.

Seu celular tocou. Era sua mãe. Nos últimos dias, ao menos uma vez por noite ela lhe ligava. E Teresa sempre rejeitava a ligação. Dessa vez, por susto e vergonha, lançou o celular contra a parede, espatifando-o. Não era de forte constituição, não havia como restaurá-lo. Apanhou o *chip* e o cartão de memória e os destruiu. Precisaria de um aparelho novo. Ao menos, sua versão mais ousada precisaria. Ainda naquele dia, era preciso comprar um celular para sua contraparte. Talvez fosse o caso de ser Teresa somente em seu apartamento. No mais do tempo, seria Laura.

Olhou mais uma vez para o dinheiro. Era uma boa quantia. Seu cliente havia sido generoso. E por que não o seria? Ela cumprira bem sua parte. Não era tão inocente que não soubesse agradar, mas era jovem o bastante para inspirar altivez em sujeitos de meia-idade. E ela gostava de homens mais velhos. Sempre gostou. Não seria nenhum sacrifício. Ainda mais se ela pudesse ser criteriosa na seleção dos clientes. Não queria ser como as moças que via oferecendo-se aos carros nas noites do Centro. Haveria uma agência que pudesse cuidar de escolher bem os homens para quem prestaria seu íntimo serviço? Não poderia perguntá-lo a ninguém. Teve a ideia de consultar os classificados, na seção voltada para o que fazia.

Comeu sua única maçã, lembrança de uma fase de contenções que não duraria. Vestiu uma roupa neutra, guardou o dinheiro de Carlos em sua bolsa e foi para a mesma loja de roupas onde adquirira o vestido usado no evento. No caminho, topou com André, que estava com sua porta aberta, lendo um gibi do Dylan Dog enquanto ouvia *Lost Cause*, do Beck. Cumprimentaram-se. Ele ainda não tinha intimidade o bastante para perguntar aonde ela ia. Preferiu calar-se. Foi ela que achou conveniente explicar-se — mas não em excesso. Disse que compraria uns vestidos com o dinheiro que ganhou no evento. Não era propriamente uma mentira. Combinaram de ela almoçar com ele novamente.

Teresa comprou seis vestidos que estavam em promoção e um celular barato. Para mais, o dinheiro de Carlos não dava.

Pensou se deveria adquirir sapatos e uma nova bolsa. Isso ficou para o futuro. Recebeu elogios na loja. Teresa precisava aprender a recebê-los sem corar, se desejava ser uma Laura convincente. Ela tinha de estudar uma nova postura, uma entonação de voz distinta, um outro conjunto de gestos. Aquele era, afinal, o papel de sua vida.

Voltou para o seu apartamento. Guardou as compras e foi ao vizinho para o almoço. Contornaram as questões inevitáveis como puderam. André fizera *ratatouille* com vegetais que estavam prestes a estragar. Comeram com gosto. Teresa lambuzou-se. Ele ofereceu-se para limpar seu rosto. Gargalharam. Foi uma tarde prazerosa. Ela pensou que talvez ser Laura lhe permitisse ser mais Teresa em suas horas vagas. E entregou-se ainda mais à amizade ofertada. André satisfez-se com sua presença e convidou-a a assistirem a uma série juntos. Os amigos passaram meia hora selecionando e optaram por *Jessica Jones*. Viram apenas um episódio, no sofá, sob uma mesma coberta. Deixaram marcada para o dia seguinte a continuação. Aquele se tornaria um ritual sagrado para eles: almoço e série.

Teresa chegou sorridente em seu apartamento. Pensou em André e na alegria de compartilhar um interesse com alguém. Depois apanhou o jornal que comprara em sua descida por roupas e procurou, entre os anúncios de sexo pago, por uma agência que a auxiliasse em seu trabalho. Encontrou algumas. Usou seu celular novo para ligar para cada uma e acabou optando pela que lhe pareceu de mais alta classe. Marcou uma visita. Agora precisava mesmo de novos sapatos e outra bolsa, além de uma maquiagem decente. Precisava estar completamente Laura ao conhecê-los.

Estava devidamente montada quando chegou à agência. Demorou para encontrar o endereço — o que lhe rendeu algumas cantadas e olhadelas pelo caminho. Teresa estaria corada, mas Laura apenas sorria e seguia adiante. Era preciso moldar-se. Vigiou a própria postura para não deixar transparecer seu nervosismo. Treinou pelo caminho o tom de sua voz, para simular uma sensualidade natural. Ao chegar ao local do compromisso, era outra.

A agência ficava no fundo de uma galeria discreta. Parecia uma empresa especializada em empresariar modelos, mas era dedicada a facilitar encontros pagos para clientes "exigentes" — o que era uma forma polida de dizer "ricos". Não faziam muita questão de disfarçar o que eram, apesar dos problemas legais que tal negócio gerava. Ao entrar, dava-se com algumas mulheres muito bonitas, sentadas como que na recepção de um dentista. Todas olharam para Laura quando ela entrou. A recepcionista perguntou o que ela desejava e, ao ser informada de seu horário marcado, respondeu com um "ó sim", consultou sua ficha e pediu-lhe que aguardasse.

Laura apanhou uma revista de fofocas e folheou sem grande interesse. Pouco a pouco, cada mulher presente foi entrando, deixando-a só. Por fim, ela também foi chamada. Adentrou com a altivez que Teresa esperava dela, dando em uma sala espaçosa, similar ao gabinete de um psiquiatra. Na mesa central, estava uma mulher de meia-idade, bastante distinta. Cumprimentou Laura com misto de ternura professoral e objetividade de administradora, ofereceu doces e, logo após, pôs-se a explicar o que a empresa fazia por suas associadas.

Ofereciam uma excelente seleção de clientes, por certo. Mas também segurança e mesmo compensação no caso de eventual violência. Não era por serem ricos, afinal, que não podiam ser agressivos. Era raro, assegurava-lhe, mas ocorria. Por apenas quarenta por cento de seus ganhos, combinados previamente entre a agência e o cliente, a empresa garantia-lhe que nunca faltaria trabalho e que ela não precisava se preocupar em não ser paga ou em lidar com os desconfortos que as mulheres que atuam de modo independente precisam enfrentar.

Depois, a cafetina pediu a Laura que mostrasse mais seu "produto", para ela ter uma noção de quanto cobraria e de como a classificaria na página virtual da empresa de acompanhantes. A jovem teve de se despir totalmente e dar pequenos giros, para mostrar sua forma — alta e magra. Vestiu-se, a seguir, e precisou explicar o que fazia para seus clientes. Mentiu bastante nesse quesito, dando a entender que trabalhava na área havia meses e que procurava uma agência para evitar os desconfortos de atuar sem proteção. Ela disse que era estudante de Psicologia na Federal, como havia dito a Carlos. Sabia que isso valorizaria seu passe. A mulher anotou a categoria de Laura: a segunda mais alta. Elogiou-a por sua aparência e disse-lhe que acima dela estavam somente as celebridades locais que usavam esse subterfúgio para aumentar sua renda.

Foi-lhe esmiuçada sua lista de deveres e direitos. Laura, satisfeita com o que ouviu, aceitou o acordo. Era um contrato informal. Receberia a cada semana o montante acumulado, já com o desconto combinado. Obviamente, alguns clientes, mais generosos ou satisfeitos, podiam deixar-lhe um agrado extra. Isso não era, de modo algum, proibido. Sua cafetina, que preferia ser chamada de agente, anotou seu telefone e lhe deu as mais sinceras boas-vindas. Perguntou se Laura trouxera fotos. Como não, tirou algumas ali mesmo. Laura pediu que ela não fotografasse seu rosto. A agente disse que entraria em contato o mais breve possível com um cronograma inicial de clientes e que esperava que as duas nutrissem uma relação profissional do mais alto nível. Laura tornou a cumprimentá-la e saiu.

Trocou algumas palavras amenas com a recepcionista. Notou que a sala de espera estava novamente ocupada. "Esse é um mercado em constante renovação", comentou a atendente. Laura deixou a agência e deu algumas voltas por seu bairro antes de entrar em seu prédio. Queria sentir-se bem em seu novo papel. Quando retornou ao apartamento, retirou cada camada de seu disfarce com a devida calma. Dedicou o mais de seu tempo a apagar os traços da maquiagem — era o que mais a incomodava. Depois, entrou no chuveiro e deixou-se limpar de Laura. Era Teresa outra vez.

III

A agência logo entrou em contato. A recepcionista informou que foi montado um cronograma com os clientes que se interessaram pelo perfil de Laura. O primeiro seria um acadêmico respeitável da área do Direito, aquela que sua mãe tanto gostaria que seguisse. Ele estava na cidade para um seminário e desejava tirar uma noite na companhia de uma jovem bela e inteligente. Por ser um professor universitário, ela se preocupou que ele lhe fizesse perguntas de Psicologia, só pra testá-la, e correu a comprar livros básicos da área com parte de sua reserva pessoal. Era preciso investir também na intelectualidade de sua personagem.

Teresa leu apressadamente uns poucos tomos básicos; apenas o bastante para familiarizar-se com alguns conceitos fundamentais. Se o cliente insistisse em questionar sua posição sobre os autores mais importantes de sua suposta área de estudo, ela diria que estava no primeiro semestre ainda e mesmo reconheceria, para sua imensa vergonha, que não prestava a devida atenção nas aulas. Mas ele poderia perguntar por algum professor, ela pensou. Então acorreu à página virtual do curso e deu uma breve lida no currículo dos docentes, somente o bastante para lembrar-se vagamente deles quando citados.

Estava nervosa. Não havia pensado nos pormenores.

Acalmou-se quando foi informada do valor estipulado por programa. Era o bastante para mobiliar seu apartamento em poucas semanas. Anotou as informações de contato e registrou, na agenda de seu celular, a hora do encontro: seria às sete daquela mesma noite. Pediu alguns detalhes físicos, apenas para reconhecê-lo. Ele não era, infelizmente, um sujeito bonito. Magro, rosto cheio de rugas, cabelos brancos, traços angulosos, ele usaria para o encontro um terno simples, sem gravata. A recepcionista lembrou-a de não usar perfume, porque o cliente era casado e preferia que suas roupas não ficassem impregnadas de um cheiro feminino.

Gastou as horas que tinha de preparação tentando adquirir o mínimo de conhecimento esperado de uma caloura em Psicologia. Apesar da pressa e da pouca atenção, apreciou o assunto. Prometeu-se ler cada livro com a devida calma assim que tivesse uma folga. Por conta da correria, esqueceu de ir almoçar com André — e ele não lho cobrou. Lamentou, contudo, sua ausência no sofá. Não sabia o que ela estava fazendo, mas julgou que havia conseguido um emprego e não lho informara. Paciência. Ela nada lhe devia.

Laura estava tão ansiosa que nem teve fome. E demorou-se tanto nas leituras que quase perdeu a hora. Tomou um banho apressado, pôs um de seus vestidos sedutores, ajeitou a maquiagem, pediu um *uber* e partiu. Não encontrou com seu vizinho no caminho. Entristecido por sua ausência, ele ficou amuado a ver um documentário sobre orcas aprisionadas — com sua porta fechada, o que era raro. Laura nem deu por sua ausência. Ele era amigo de Teresa, não dela.

Apanhou o elevador tentando ainda decorar os conceitos de sua área imaginária e pegou seu *uber*. Não tomaria um ônibus para não estragar o frescor do visual. E o valor que ganharia compensava aquela despesa. O motorista ajeitou o espelho central para olhá-la com intensidade. Ela fingiu não notar, concentrada em como se apresentaria àquele que seria seu primeiro cliente propriamente dito. Carlos fora tão só uma surpresa. Ela iniciava ali uma vida de garota de programa. E sentia não haver retorno.

Encontrou o cliente no local combinado. Ele já estava esperando, ainda mais nervoso que ela. Pediu desculpa por seus modos. Disse que era a primeira vez que fazia tal coisa — e que só o fazia por recomendação de um amigo. Laura tratou de acalmá-lo, tranquilizada. Perguntou-lhe se ele tinha um roteiro em mente. O homem, que se chamava Alberto, quis saber o que ela recomendava — logo ela que estava iniciando na profissão. "Por que a gente não começa com uma conversa usual durante o jantar, daí?", sugeriu a jovem.

Foram para uma lanchonete próxima, porque Alberto não queria correr o risco de ser visto com ela por seus colegas acadêmicos, concentrados em Itacorubi, onde ficava a Universidade Estadual de Santa Catarina, instituição que sediava o evento. Por isso marcara de encontrá-la em Ponta das Canas, no extremo norte da ilha. Nervoso, não quis entrar em detalhes sobre sua vida, apenas explicou como pôde o básico de sua área de atuação. Laura fingiu, muito bem, estar interessada, mais do que quando sua mãe tentava convencê-la a seguir sua carreira. Lembrou-se de olhá-lo nos olhos todo o tempo, segurou com candura sua mão, sorriu a cada pausa. Sabia fazê-lo sentir-se importante. Era disso que ele precisava.

Seu casamento, de vinte anos, estava à beira do colapso. Eles eram tão só estranhos que dividiam uma cama. E a idade trazia-lhe as mil questões a que os homens se entregavam com seu declínio. Não se sentia mais atraente, em nenhuma escala. Achava que suas alunas riam dele — e riam mesmo: pobre figura, patética e servil. Por isso a recomendação de que arranjasse uma garota de programa — de alto nível, porque dizia não suportar vulgaridades — para amaciar seu ego e devolver-lhe um pouco da alegria juvenil. Laura fora uma boa escolha.

"Podemos ir para tua casa?", perguntou Alberto, preocupado em levá-la a seu hotel e serem surpreendidos por seus colegas de evento. Laura disse que não atendia em seu apartamento — mas a ideia de passar a fazê-lo ficou plantada. Decidiram ir para um motel. O cliente novamente pediu desculpas por sua falta de jeito. Ela disse que não havia problema. Ele já a estava cansando.

O local tinha o óbvio indispensável para entreterem-se. Laura sugeriu que tomassem um banho antes do intercurso. Era mais higiênico e também mais profissional. Ela foi primeiro. Demorou-se pensando no que viria. Ao banhar-se, sentia-se mais Teresa, desmontando seus adereços. Mais uma vez a ideia de trabalhar em casa passou por sua cabeça. Lá não precisaria tomar banho antes do serviço. Apenas o cliente se banharia. Decidiu que se apertaria, mas mobiliaria o quanto antes seu apartamento.

Saiu do banho enrolada em uma toalha. Disse a Alberto que era sua vez. O acadêmico tirou a roupa com vergonha de si, temeroso de fazê-la gargalhar de sua má forma. Laura era, no entanto, uma profissional, ainda que iniciante, e sabia não expressar julgamento de valor a respeito do físico de seus clientes. "Quão frágil é o ego dos homens", pensou. Alberto banhou-se como o fazia usualmente. Saiu também enrolado em uma toalha. Laura já estava nua sob os lençóis, com uma camisinha entre os dedos.

A relação foi custosa. Alberto demorou a ligar, preocupado com seu desempenho. Laura resolveu ajudá-lo, com a mão e a boca. Conseguiu após vários minutos o mínimo de enrijecimento com o qual poderia trabalhar. Ele posicionou-se em cima dela e começou os movimentos de costume. Era tedioso. Ela resolveu ajudá-lo, mexendo-se como podia e gemendo para atiçá-lo. Mas foi somente quando ela passou a usar palavrões que o homem criou ânimo e acelerou o passo.

Laura queria encerrar o caso o mais rápido possível e para isso o estimulava. Alberto, no entanto, sentiu-se mais excitado do que em décadas de sexo metódico com sua gélida esposa e acelerou cada vez mais. Mudou de posição, colocando-a de quatro e puxando seus cabelos. Ela continuou a atiçá-lo para que aquele aborrecimento tivesse fim. Alberto, contudo, sentiu espaço para intensificar seus impulsos e começou a insultar Laura, pôs-se a seguir a estapeá-la e, por último, passou a sufocá-la. Ela ficou, a princípio, confusa com a mudança, mas sentia que isso o levaria mais cedo ao clímax. Qualquer coisa para acabar logo. Os tapas, entretanto, tiraram sua concentração, e ela já não estava minimamente disposta. O sufocamento a desesperou. Tentou libertar-se, mas foi em vão. Somente o bem-vindo gozo do professor afastou, enfim, aquelas mãos esquálidas de seu pescoço.

Laura descolou-se do cliente e, com o ânimo que lhe restava, lembrou-se de tomar cuidado ao retirar a camisinha. Depois foi banhar-se novamente, em silêncio. Esfregou o rosto, onde ainda ardiam os bofetões, e passou as mãos suavemente em seu pescoço, que doía. Quando voltou para o quarto, o professor estava envergonhado. Disse que sentia muito por seus "excessos", deixou uma gorjeta de trezentos reais e saiu sem tomar banho. Em sua saída, deixou paga a curta estadia.

Laura tomou outro *uber* para voltar. Dessa vez, André estava na porta de seu apartamento. Viu-a machucada e, preocupado, questionou o que houve. "Nada, só um acidente", respondeu a jovem, entrando em seu lar. Após trancar sua porta, desaguou. Depois ligou para a agência, informou o ocorrido e disse que não queria mais aquela vida, que estava desistindo. Sua agente ouviu pacientemente seu desabafo — estava acostumada — e pediu-lhe que esperasse alguns dias, porque aquele tipo de casualidade era raro, que a maioria dos clientes não era de fazer coisas do tipo, que não mais passaria para ela nenhum cliente inédito, só aqueles de larga tradição na casa — e que ela ganharia um adicional por seu constrangimento. Teresa tirou o traje de Laura, tomou mais um banho, dessa vez demorado, e foi dormir despida.

IV

Dali a alguns dias, Laura estaria de volta. Sua agente deu-lhe um prazo para se recompor, passando os clientes para outras jovens, e ligou-lhe em menos de uma semana para uma longa conversa. Disse que havia percebido que ela não tinha experiência, que essa era uma das razões para aceitá-la em seu catálogo e que sabia que comportamentos violentos como o do professor assustavam, mas que ainda valia a pena seguir o caminho que ela escolhera. Depois de muito prosarem, Teresa decidiu retomar a profissão, mas pediu uma pausa para ajeitar seu apartamento, porque passaria a receber somente ali seus clientes. Ela se sentiria mais segura assim. Consentindo, a agente deu-lhe três dias.

Teresa maquiou-se apenas para disfarçar o leve roxo em volta do pescoço. Nas bochechas já não se percebiam os sinais da agressão. Arrumou-se de modo simples. Não estava pronta para a fantasia. Preparou-se para sair, após dias de estar trancada em casa, comendo a pizza que lhe era entregue por um *motoboy* discreto. Finalmente reuniu o ímpeto necessário e escancarou sua porta. André estava lá. Sentiu-se mal pelo modo como o havia tratado. Chamou-o para irem juntos comprar seus móveis.

Havia recebido em seu apartamento o dinheiro referente a seu primeiro programa e um adiantamento considerável, para pôr em ordem sua vida. A agência estava investindo nela. Era uma forma de prendê-la. Sua agente percebeu pelo seu jeito que não levaria calote. Sabendo onde morava, não era prudente deixar de pagar-lhe. Era uma moça tão bonita e agradável. Faria sucesso, assim que perdesse os receios de iniciante.

André ficou feliz de ser convidado para sair com Teresa, ainda mais que era para comprarem os móveis do apartamento. Era uma intimidade que buscava com afinco. Os dias em que ela ficara trancada em casa foram terríveis para ele, novamente na completa solidão. Resistira a seguir vendo *Jessica Jones* sem Teresa, porque nutria a esperança de que ela voltasse a frequentar seu sofá muito em breve. Sua paciência foi recompensada.

Nas lojas de móveis, foram tratados como um casal. Nas primeiras ocasiões, Teresa corrigia os vendedores. Com o tempo, passou a deixar pra lá, para a alegria de André. A ele, não ocorreu perguntar de onde ela tirara o dinheiro para mobiliar seu apartamento. Não quis pensar a respeito. Estava feliz por estar ali com ela, agindo como namorados. Adquiriram um fogão, um pequeno conjunto para cozinha, uma estante para os livros de Psicologia que ela comprara e compraria, um sofá, um armário e uma cama — de casal. "Ela deve ser espaçosa ao dormir", pensou André, evitando considerar as alternativas. Pediram para que tudo fosse entregue com urgência.

Na volta, pararam em uma lanchonete para dar sossego às tripas do rapaz. Pediram batata frita. Teresa acompanhou, por etiqueta. Trocaram sorrisos. Recuperavam ali a amizade que ficara interrompida enquanto a jovem, trancada, lamentava seu trauma. Ele perguntou se ela queria almoçar com ele novamente. Ela pensou um pouco, calculando se teria o tempo, e acabou por aceitar o convite. Ainda veriam, sob a mesma coberta, mais um capítulo de sua série. Ela precisava da pausa. Seu trabalho recomeçaria logo.

Teresa voltou para seu apartamento renovada. Contou o dinheiro que lhe restava após as compras. Apesar do alto custo de vida de Florianópolis, aquele dinheiro era o bastante para levar seus dias por alguns anos, se limitasse os gastos ao mínimo. Mas ela queria mais. Queria vestir-se com garbo, queria frequentar bons restaurantes, queria arrumar ainda mais seu cantinho. E tinha uma dívida com a agência. Poderia saná-la com o que a mãe guardara para a faculdade e ainda sobraria para alguns meses, ou para voltar ao lar. Não queria pensar nisso. Melhor seguir com a carreira que escolhera e pagar a agência com o que fosse fazendo.

Os móveis chegaram quase ao mesmo tempo. Pediu a ajuda de André para organizá-los, permitindo pela primeira vez que ele entrasse em seu apartamento. O casal de amigos ajeitou bem o local, que ficou totalmente apresentável a estranhos. Faltavam, no entanto, os adereços sem fim que faziam de uma casa um lar. Desceram novamente para as compras e voltaram com enfeites, apetrechos de cozinha, lençóis, mais toalhas, coisas que quase não deram conta de carregar. Agora sim estava tudo em ordem.

Teresa agradeceu a ajuda de André, prometendo almoçar com ele regularmente, e aproveitou o conforto recém-adquirido para esparramar-se no sofá. Viu passarem por debaixo da porta a conta de luz, inflacionada pelos banhos quentes. Enfim, a autonomia chegara; a vida adulta chegara. Deixou o papelete na estante de livros e ligou para sua agente, para informá-la de que estava pronta para voltar aos negócios.

O próximo cliente seria um antigo conhecido da agência. Queria experimentar a nova aquisição. Era um homem sossegado, que se satisfazia com o básico e não descambava para a agressão nem tinha fetiches inusuais. Laura preparou-se para recebê-lo em seu apartamento. Isso eliminava a graça de saírem juntos para uma refeição a dois e de dormir num ambiente que não precisaria limpar depois, mas era uma garantia de segurança. Afinal, se necessário, bastava gritar por André. Seria embaraçoso, sem dúvida... No entanto, não podia se dar ao luxo de pensar nas emoções do rapaz quando era sua própria vida que estava em jogo.

O cliente chegou pontualmente. Tocou o interfone e se identificou. Tinha voz de idoso — e de fato o era. Isso foi, em parte, um alívio para Laura naquele momento, pois um velhinho não teria forças para feri-la, pensava. Mas também foi um tanto desagradável porque não se imaginava realizando peripécias sexuais com alguém que poderia ser seu avô. Recebeu-o com falsa alegria. Era preciso ser cortês. Perguntou se queria beber algo, para só então lembrar que esquecera de adquirir uma geladeira. Felizmente, ele não queria nada além do essencial.

Foram para o quarto. O próprio velhinho perguntou se podia tomar um banho antes. Ela lhe disse que sim, "claro, como não?", e indicou o caminho para o chuveiro. Havia duas toalhas de corpo inteiro, algo para o que André não se atentara. Disso Teresa não se esquecera. O velhinho saiu ainda pingando pela casa, para desgosto de Laura, que o chamou para a cama com ternura. Queria terminar logo a sessão.

Não foi agradável, mas foi suave, carinhoso. O velhinho sabia como se portar. Agia como se fosse uma bênção estar ali, como se Laura atendesse a seus desejos por pura bondade. Demoraram mais do que ela desejava, mas não foi tão incômodo. Por fim, ambos tomaram banho, um de cada vez, e ela o deixou em seu táxi. Voltou para o apartamento cansada. André a observava de uma fresta. Ele entendera tudo. Passaria a noite remoendo a informação e acordaria decidido a não deixar transparecer que sabia. Não a julgaria, não lhe cabia. Mas sempre estaria à sua disposição. "Isso sim é amor", pensava.

Teresa dormiria no colchonete. Ela não queria tocar naquela cama imunda. Teria de limpá-la na manhã seguinte, por certo, mas naquele momento estava por demais fatigada. Apanhou seu lençol da juventude e seu travesseiro — poupados da lambança. Deitou-se na sala, voltada para a imensa janela sem cortina. Pôs uma velha camiseta no rosto e deixou-se estar na escuridão, a esquecer. Pensou na conta de luz e nas demais cobranças que viriam. Pensou na geladeira que teria de comprar. Pensou em André e no almoço do dia seguinte. Conseguiu relaxar. Lá pelas três dormia profundamente.

V

Teresa chamou André para comprarem a geladeira, mas ele havia saído. Em algum momento o rapaz teria de trabalhar, refletiu. Foi sozinha. Encontrou uma geladeira compacta já na primeira loja e decidiu tirar o resto da manhã para cuidar da aparência. Enquanto cortava seu cabelo num salão elegante, seu amigo mendigava alguns trocados de sua família, para inteirar o aluguel. Não tocava havia mais de um mês e estava difícil fechar as contas com sua reserva. Seu pai estava novamente embarcado, engenheiro a serviço da Petrobras. Sua matriarca, dona de uma floricultura, começou a perturbá-lo com considerações sobre sua carreira. "Por que não fazes um concurso público? Teu irmão já tem estabilidade". Logo a seguir: "Por que não buscas ao menos um emprego de verdade, querido? Tua irmã é professora". A essas questões, adicionou uma: "Quando tu vais trazer uma namorada pra me apresentar?". André nunca tivera uma. O consenso na família era de que o rapaz fosse enrustido, mas o fato era que nunca se relacionara sexualmente com ninguém. Tinha somente amizades.

Cedendo às pressões, o moço de vinte e três anos mentiu, dizendo que namorava uma jovem que se mudara havia pouco para seu prédio. Sua mãe insistiu em conhecê-la. Sem poder negar-lhe o pedido, ele combinou um almoço em seu apartamento com as duas. Era preciso, agora, implorar a Teresa que fingisse ser sua namorada, apenas por um dia. Veio, por todo o caminho para casa, preparando seu discurso.

Tocou sua campainha escandalosa e aguardou, ansioso. Teresa ficou surpresa que André viesse chamá-la à porta. Isso nunca havia acontecido. Ele pediu para entrar. Conversaram no sofá. A geladeira ainda viria, então a água foi servida em temperatura ambiente. O rapaz pediu que sua amiga não risse do que ele tinha a confidenciar. Ela prometeu não zombar dele, tinha-lhe consideração demais para fazer tal coisa. Ele suspirou e entregou-se: "Nunca tive relações com ninguém".

Teresa suspendeu a respiração por três compassos. Ela entendeu o sentido do que foi dito, mas não o rumo da prosa. Por instantes, pensou que André descobrira sua profissão e queria inaugurar-se com ela. O seguimento da conversa mostrou o quão errada ela estava. "A verdade é que eu nunca quis ter", confessou. Ele nunca sentiu desejos sexuais. Achava que isso era algum problema de saúde, mas, pesquisando, descobriu que havia muitas pessoas como ele, que não se interessavam nada por sexo e que buscavam somente o companheirismo em terceiros. Ele não queria mudar; estava satisfeito consigo.

Teresa ficou aliviada de não precisar recusar André como cliente. Não queria um contato tão próximo com seus fregueses, e o rapaz havia se tornado seu melhor amigo. Ela o abraçou, meio sem jeito. "Tu está é certo". E sentiu-se feliz por ser sua confidente, por exercer tal papel na vida de alguém. André disse que não era apenas isso, e informou que dissera à sua mãe que Teresa era sua namorada. A jovem ficou surpresa e perguntou por que ele mentira. "A velha não me deixava em paz, daí", respondeu. E prosseguiu, falando que combinara um almoço com sua mãe para apresentá-la. Por isso ele estava ali, para pedir que ela fingisse ser sua namorada, apenas por uma tarde. Teresa pensou um pouco e, por fim, vendo a cara de desespero do moço, acabou consentindo.

No dia seguinte, ela tinha um compromisso com André e a mãe dele, mas aquela noite era do cliente da vez, um dono de churrascaria, sebento e grosseiro. Novamente, Laura não teve nenhum prazer no trabalho. Chegara à conclusão de que encontraria poucos homens charmosos como Carlos, que a maioria dos que buscavam serviços como o que ela oferecia fazia-o por incapacidade de obter companhia feminina de outra forma. Na saída, viu André espreitando-a de uma nesga na porta. Sentia que precisava contar o que fazia. Ele havia confidenciado seu maior segredo; ela deveria fazer o mesmo. Se não para ele, para quem contaria? Sabendo que ele não nutria fantasias eróticas em relação a ela, ficava mais fácil revelar a natureza de seu trabalho. Deixou o homem desagradável em seu automóvel e voltou para o seu andar. Estacou diante de sua porta, deu meia-volta e chamou André. Quando ele abriu, ela pediu pra entrar.

Tiveram uma longa conversa sobre a profissão de Teresa e sobre a dualidade a que ela se impusera. Ele ficou quieto o mais do tempo, sem saber se revelava que já o sabia. Ela pediu que seu amigo não tivesse uma visão negativa dela por conta do que ela fazia. Disse que ela ainda era a mesma pessoa de sempre, que almoçava com ele tantas vezes e que assistia a séries em seu sofá. Após um longo silêncio, André apenas respondeu que o que ela fazia não mudava de modo algum o jeito como ele a via, que ele ainda a admirava e que sempre podia contar com ele. Abraçaram-se, trocaram mais algumas palavras, falaram do almoço do dia seguinte e despediram-se. Teresa foi dormir mais tranquila.

No dia seguinte, a mãe de André chegou antes do esperado, para fazer ela mesma o almoço. Teresa passou parte da manhã decidindo a roupa que usaria, como gostaria de ser vista por sua falsa sogra. Decidiu pôr o traje que mais parecia indicar que ela era o que veio a Florianópolis ser: uma modelo. Chegou pouco antes das doze. Foi a mãe de André quem abriu a porta. A primeira impressão foi das melhores. Teresa era mesmo linda.

Durante o almoço, a falsa sogra perguntou-lhe sobre sua vida, seus anseios, seu trabalho. A tudo, Teresa respondeu conforme o protocolo. Era uma modelo, mas desejava tornar-se uma psicóloga, vinha de Blumenau e se apaixonara por André quando ele a ajudou com a mudança. Fez vários elogios ao rapaz e disse que era patente que ele tivera uma boa educação. Isso era uma clara tática de ganhar terreno através de elogios vazios, que, para surpresa da jovem, funcionou mais que o esperado. A mãe de André saiu do apartamento bastante satisfeita com a falsa nora e pedindo ao filho que não deixasse que ela lhe escapasse. No caminho para casa, já pensava na lindeza dos futuros netos.

André agradeceu o auxílio de Teresa. Ela se disponibilizou a ajudá-lo se precisasse novamente fingir que era sua namorada. Como não tinha pretensão de envolver-se romanticamente com ninguém tão cedo, porque imaginava ser impossível conciliar um relacionamento convencional com o tipo de trabalho que realizava, ela estava disposta a ser apresentada a todos como namorada de seu amigo, para que ninguém mais o perturbasse. Ele ficou muito feliz com o acordado. Ambos trocaram elogios, promessas e os números de telefone para serem os contatos de emergência um do outro. Mais um pouco e sairiam combinando o casamento. Teresa foi embora pouco antes disso acontecer. André ficou pensando na possibilidade de morarem juntos. Mas logo lembrou que ela atendia seus clientes em casa e achou que sua presença só atrapalharia. Foi para o quarto, pensar em sua falsa namorada até cair no sono.

VI

Laura acostumou-se ao trabalho. Vieram clientes de todo tipo. Com uns poucos, bem poucos, a satisfação era mútua. Com todos os outros, era preciso fingi-la. Ao fim de três meses de trabalho, já havia um pequeno rol de fregueses usuais. Desses, destacava-se Almeida, que era deputado federal por um partido que defendia "a família e os bons costumes". Ele lhe deixava fartas gorjetas, e não ficavam sem se ver ao menos uma vez por semana. Almeida experimentara outras garotas de programa, dezenas até, mas nenhuma tinha o misto de beleza e sensibilidade que encontrara em Laura. Em pouco tempo, passou a desejá-la apenas para ele, tendo ciúmes dos demais clientes. Começou a cercá-la, marcando mais e mais vezes, e cobrando atenção especial. Queria que ela viajasse com ele; mas ela não trabalharia novamente fora de seu apartamento. Pediu-lhe que não atendesse a mais ninguém; mas era esse o seu trabalho e ela começava a sentir orgulho de suas conquistas profissionais.

Suas leituras de Psicologia, mescladas à sua excelente percepção do comportamento humano, levaram a um melhor atendimento das demandas de cada cliente. Sentia que atuava terapeuticamente sobre os males que traziam.

Pensava-se responsável por eles. Não pretendia abandoná-los, por mais tentador que fosse dedicar-se somente a um deles. Almeida prometia o tratamento de uma amante de rei. Não lhe faltaria nada: teria os melhores vestidos, joias, bolsas, sapatos. E moraria em um casarão largo, ajeitado e muito caro em Jurerê Internacional, um bairro que Teresa sequer se metia a visitar.

Sair de seu apartamento também era um problema. Havia se afeiçoado a seus móveis, como a seus fregueses. Mas, acima disso, não queria se ver afastada de seu melhor amigo, seu falso namorado. Laura acostumara-se à rotina noturna, e Teresa, à diurna. Almoçar com André e depois ver um episódio de alguma série com ele era uma pequena alegria, que não queria deixar. A vida de amante soava-lhe menos interessante, mais uma prisão que uma conquista. Preferia continuar sendo prostituta. Contou-o a Almeida, que, em resposta, deu-lhe um tapa.

Houve gritaria no apartamento. Laura havia jurado não permitir que outro homem batesse nela. Exigiu que o deputado saísse. Contrariado, Almeida pediu desculpa, como se falasse com uma filha ainda criança. Disse que a teimosia da garota lhe havia subido à cabeça, mas que perdoava sua imaturidade e lhe daria um prazo para interromper suas atividades e seguir com ele. E saiu do apartamento recomendando que pusesse gelo em sua bochecha. Viu André no corredor. Cumprimentou-o friamente. Não sabia quem era, mas, como bom político, havia se acostumado a cumprimentar desconhecidos automaticamente.

André entrou pela porta apenas encostada do apartamento de Teresa. Encontrou-a no chão, a chorar de raiva. Ao percebê-lo, ela virou seu rosto. Não queria que seu amigo a visse naquele estado. Ele se prontificou a ir "resolver as coisas" com o sujeito, se ela o permitisse. Teresa pediu-lhe que nada fizesse. Aquele era um homem perigoso. Denunciaria sua atitude à agência e haviam de lidar com ele por lá. André sugeriu que ela tomasse um longo banho e viesse jantar com ele, nem que fosse um miojo. Sorridente, ela o aceitou. Depois de aprumar-se, foi ao apartamento de seu amigo.

Almeida, que tivera o impulso de ficar no fim do corredor, oculto pelas sombras, a esperar, assim que viu André entrar no apartamento de Laura, irritou-se sobremaneira quando a moça entrou com o amigo em seu canto. Não podia aceitar que ela preferisse ser puta a ser uma respeitável amante de homem rico. Imaginava que havia algo a mais. Agora tinha certeza. Os olhares do casal transpareciam amor profundo. Enervou-se. Prometeu que isso não ficaria assim. Daria mais uma chance a Laura e seria melhor para André se ela seguisse com ele para uma nova vida. Naquela noite, Teresa dormiu na cama de seu melhor amigo, que dormiu ao seu lado. Nada mais fizeram.

Na manhã seguinte, Laura recebeu uma ligação de sua agência, rompendo seu contrato. A decisão unilateral perturbou-a. A cafetina deixou claro que essa possibilidade sempre esteve à mesa e terminou a conversa recomendando que ela aceitasse o convite generoso do deputado. Almeida provavelmente ameaçara a empresa, pensou Teresa, ameaçara ou subornara. Felizmente, seus clientes tinham seu contato e poderiam marcar com ela. Mas, ao longo da semana, ninguém ligou para ela. Sua agente informara todos os seus clientes de que Laura não trabalhava mais na área e que era melhor para eles não a procurarem. Ao menos, ela recebeu o restante do que lhe deviam.

Havia acumulado um bom pé-de-meia.

Ao fim do prazo dado, Almeida convidou Laura para um jantar em um restaurante chique. Ela não podia negá-lo. A motorista do deputado, uma mulher cascuda e fria, veio buscá-la. Foram em silêncio. Ao chegar, foi tratada como jamais antes. Conduzida à mesa onde o deputado a esperava, pediu somente água, mas Almeida exigiu que bebesse vinho com ele. Aquele homem perigoso tentava simular uma voz mansa e bons modos, dando-lhe uma amostra de como seria sua vida de amante. Deu-lhe um colar de safiras e falou que no dia seguinte a motorista dele a levaria a lojas de grife para montar um novo guarda-roupa. Não deu espaço a Laura para que ela se recusasse. Ela não podia sequer falar. Ele empurrava vinho, depois a refeição, a seguir a sobremesa. E interrompia suas intromissões para lidar com algum assunto ao telefone. Ao fim, pagou a conta e pediu-lhe desculpas pela pressa, mas tinha negócios a tratar. Antes de ele se retirar, Laura apenas disse: "Eu não vou". Almeida parou enquanto se levantava, e somente retrucou: "Isso veremos". A motorista estava esperando por ela. Voltaram em silêncio.

Ao chegar ao seu andar, notou a porta de André escancarada. Seu coração sobressaltou-se. Seu *notebook* aberto deixava tocar sua lista de canções preferidas do *YouTube*. Naquele momento, ouvia-se *Mad World* na voz depressiva de Gary Jules. Chamou por ele. Nenhuma resposta. A televisão estava ligada. Talvez ele estivesse distraído, a assistir a uma de suas séries. Entrou. Ele não estava na sala, mas os móveis estavam bagunçados. O sofá estava tombado, o abajur caído, os porta-retratos espalhados pelo chão. Vasculhou os outros cômodos e nada de vê-lo. Por fim, notou que havia sangue na porta do banheiro. Abriu. Encontrou André inconsciente, sangrando, com o fôlego quase a faltar-lhe, encolhido, ao lado da privada.

A ambulância não demorou a chegar. André foi internado. Havia levado uma surra memorável. A polícia questionou Teresa se ela conhecia quem pudesse tê-lo agredido. Ela disse que não, que ele não tinha inimigos. Não adiantaria falar do deputado, não tinha provas contra ele — e era um homem muito rico e influente, haveria de pôr a justiça no bolso. A mãe do rapaz chegou pouco depois. Após um momento entregue à preocupação, voltou-se para Teresa e começou a agredi-la. Haviam ligado para ela e informado a verdade a seu respeito. Disseram, inclusive, que seu filho estava internado por causa dela.

Teresa preferiu deixar André com sua mãe para evitar o tumulto e a vergonha. Voltou ao apartamento. A primeira coisa que fez foi pedir um *uber* com o celular de Laura, o único que lhe restou após livrar-se daquele que trouxe de sua cidade. Depois, quebrou o aparelho, jogou as partes na privada e deu descarga. A seguir, entulhou suas roupas básicas, as de Teresa, na mala em que veio a Floripa, apanhou todo o dinheiro que acumulara, trancou a porta e entrou no carro assim que o viu. Foi à rodoviária e comprou uma passagem para o próximo ônibus pra Blumenau.

VII

Teresa chegou a Blumenau no início da manhã. Após certa hesitação, tocou o interfone do prédio de sua mãe, que ficava no bairro Victor Konder. Ficou surpresa quando quem respondeu foi a melhor amiga de sua genitora, Lavínia, uma policial civil de quarenta anos, corpulenta e rígida, que trabalhava na delegacia da Rua Dois de Setembro e vez por outra buscava Teresa e sua irmã na escola. A surpresa de Lavínia foi maior. A jovem partira meses antes, depois de uma discussão particularmente acalorada com sua mãe, dona Vera, para desespero da pequena Lúcia, que não aturava sons altos. Reunira o básico de suas coisas e saíra, dizendo que tentaria a sorte na capital. Receberam uma ligação de uma amiga da família que acolhera Teresa por uns dias. Depois, silêncio. Agora, após terem perdido a esperança, havia voltado.

Nenhuma das duas falou coisa alguma. Lavínia temia que a mínima chispa poderia levar a uma nova fuga, mas, conforme se deslocavam do elevador à porta do apartamento, a policial sentiu que precisava alertar Teresa sobre o estado de saúde de sua mãe. Pouco após a evasão de sua filha, Vera descobrira um tumor maligno na mama esquerda. Estava agora debilitada. O câncer era terminal. A amiga havia se mudado para o desconfortável sofá da sala para monitorar sua saúde. A Teresa, assombrou a informação de que sua mãe estava morrendo. Toda a mágoa que tinha arrefeceu-se e sua alma encheu-se de dó e ternura com a ideia do sofrimento de Vera.

Entraram no apartamento. Teresa sentiu nostalgia e repulsa por seu retorno. Lúcia estava dormindo. De longe ouviu uma voz rouca e fraca perguntar a Lavínia quem era. A jovem não conseguia acreditar que era a voz de sua mãe. A policial apareceu no quarto da amiga promotora para preparar seu espírito. Pediu-lhe que se acalmasse, que não se alarmasse nem se levantasse. Vera ficou assustada com o prefácio, mais interessada com a pessoa que chegara. Por instantes, acreditou que era a notícia que mais temia: a da morte de sua mais velha. Quando Teresa entrou em seu quarto, ambas travaram a respiração. Vera, de felicidade e alívio; sua filha, de surpresa e pesar. Sua mãe estava pálida, com um lenço na cabeça nua, olhos fundos e muito magra. Por receio, Teresa quase não a abraçou.

Lavínia ficou de preparar um café para as três. Quando saiu do quarto, Vera e Teresa ficaram quietas por um tempo. "Se eu soubesse...", começou a jovem. Sua mãe a interrompeu: "O que tu fez esse tempo todo, minha filha?". "Trabalhei", respondeu. "Como modelo?", perguntou Vera, lembrando que era essa a profissão que sua filha buscava quando saiu de casa. "Foi", Teresa mentiu. Olharam-se com dor. "Por que não entrou em contato?", questionou Vera. "Eu não sabia que a senhora estava assim. Eu estava irritada. Eu só queria levar minha vida". E as lágrimas começaram a descer pela face da doente assim que Lavínia voltava ao quarto. "Ora, vamos, querida, o que é isso? Ela está aqui agora. Ela está aqui", consolou-lhe, deixando a bandeja com as xícaras de café sobre o criado-mudo. Vera afundou-se nos braços da amiga. Teresa não suportou e também se pôs a chorar.

Ficaram nessa cena até surgir Lúcia, que acordara com a turbulência. Ela ignorou a presença da irmã mais velha, apenas preocupada com as lágrimas de sua mãe. Começou a agitar-se. Lavínia deixou Vera e foi em direção a Lúcia, mantendo-se numa distância aceitável. "Não, não, querida. Não fique assim. Tua mãe está chorando porque está feliz, porque tua irmã voltou". Só aí, a criança dignou-se a mudar o foco de sua percepção para descobrir Teresa no outro canto do quarto. Não esboçou reação a ela, exceto se retirar do cômodo. Lavínia tratou de acalmar a jovem recém-chegada: "Ela é assim mesmo, tu sabe". E saiu para checar a pequena, deixando novamente mãe e filha fugitiva sozinhas.

"Tu vai ficar?", perguntou a doente, tentando evitar novas lágrimas. "Vou, mãe. Vou ficar". Vera sorriu brevemente. Suas olheiras obcecavam Teresa, aumentando sua culpa. "A gente manteve teu quarto como tu deixou". A jovem agradeceu. A mãe falou para ela deixar sua mala lá, tomar um banho e comer alguma coisa. A moça agradeceu a recepção e se retirou do quarto. Vera estava feliz com sua presença. Ela permitiria uma despedida adequada e alguém para ficar com Lúcia quando partisse. Lavínia se prontificara a cuidar da pequena, mas a mãe preferia que fosse da irmã a responsabilidade. Queria evitar comentários maldosos. Já era difícil para a menina crescer com seus próprios problemas; convinha não lhe acrescentar um novo.

Teresa encontrou seu quarto idêntico a suas lembranças. Era-lhe outro abraço. Estava segura. Ali o deputado Almeida não a acharia. Ele não sabia seu verdadeiro nome, sua origem, seu endereço. E ali poderia auxiliar a mãe em seus últimos dias. A jovem abriu a mala e organizou suas roupas no armário. Depois de tudo devidamente recolocado, guardou o objeto no topo do guarda-roupa. Não precisaria mais dele. Estava de volta ao lar. Laura era só uma lembrança distante. Deixara para trás os vestidos, a maquiagem, os trejeitos. Seria somente Teresa de agora em diante. Torcia para que André se recuperasse bem da surra, mas não entraria em contato. Era o melhor para ambos.

Entrou em seu banheiro pela primeira vez em meses. A familiaridade era tão terna que quase foi às lágrimas. Tirou a roupa com que viera de Florianópolis. Teve vontade de queimá-la, mas uma boa lavada tiraria os indícios dos traumas que sofrera. Ligou o chuveiro e deixou que a água quente a massageasse. Livrava-se do perigo, livrava-se dos corpos velhos e flácidos que a tocaram, livrava-se de uma apressada maturidade. Voltava a ser uma adolescente, voltava a ser uma filha, voltava a ser uma irmã. Cessou a ducha e apanhou a toalha. Secou com calma seu corpo. No quarto, escolheu um pijama. Estava em casa, enfim.

VIII

Teresa sentou-se com Lúcia para o café. Lavínia serviu-lhes com atenção. Eram torradas com geleia, as mesmas de sua infância. A pequena, como sempre, em silêncio. Comeu o conteúdo do prato, tomou o que tinha na xícara e implorou com os olhos que a policial lhe permitisse deixar a mesa. Não houve insistência para que ficasse. Voltou ao quarto para se arrumar para a escola. Sua irmã mais velha não se sentiu ofendida. Sabia bem como era a criança e não queria tornar sua vida ainda mais difícil.

Pediu a Lavínia que parasse um pouco as tarefas e se sentasse com ela. A mulher pôs suas torradas e apanhou outro pote de geleia na geladeira. Olharam-se. Havia muito a ser dito. "Tua mãe ficou muito feliz com teu retorno". "Eu só lamento não ter vindo antes. Se soubesse do câncer, teria apanhado o primeiro ônibus de volta, daí", disse Teresa. Mastigaram com calma. Lavínia tomou seu café fazendo um barulho irritante. A jovem repreendeu-se. Não tinha o direito de se irritar com ela. Devia-lhe imenso.

"Não sei por onde começo a te agradecer pelo que tu tem feito pela minha mãe". "Tu não precisa. Tua mãe é minha vida. Tua mãe e tua irmã", respondeu Lavínia. Havia algo a ser dito. “Tu não precisa ficar sem jeito pra dizer, mas vocês são mais do que amigas, não?”, comentou Teresa, tentando fazê-la vocalizar o que estava subentendido. “Sim, nós somos”, disse a policial. E ficou em silêncio o resto da refeição. Pediu licença, levantou-se com seu prato e sua xícara, foi à pia. “Por que tu dorme no sofá?”. “Tua mãe insistiu. Ela não queria que eu dormisse no teu quarto”. A jovem tomou coragem para forçar tudo às claras: “Eu quis dizer: por que tu não dorme com ela?”. Lavínia, que havia começado a lavar os pratos, parou, respirou fundo e explicou: “Tua mãe quer evitar comentários maldosos”.

Era um dos problemas que Teresa tinha com Vera. Sua mãe preocupava-se demais com o que dela pensavam os outros, particularmente seu círculo de falsas amigas. Ela vivia muito de aparências. Imaginava como ela reagiria se soubesse das atividades de sua filha mais velha na capital. Era melhor evitar que descobrisse, ainda mais em seu estado. Sentia por Lavínia, que precisava disfarçar seus sentimentos e aceitar condições tão degradantes enquanto demonstrava sua devoção incondicional nos atos cotidianos. Não seria capaz de fazer tanto por sua própria mãe. Ela tinha sorte de contar com alguém assim. E lhe pagava com vergonha.

Não podia, no entanto, cobrar nada de Vera naquelas condições. Não podia sequer retomar as discussões que costumavam ter antes de sua fuga. Guardaria no mais fundo de si os rancores contidos e montaria uma máscara de filha perfeita para dar-lhe alguma paz em seus últimos suspiros. Se antes fingira ser a extrovertida e sedutora Laura, agora fingia ser uma versão mais cândida de si mesma. Aprenderia a cuidar da mãe e da irmã.

Lavínia terminou a lavagem dos pratos dela e de Lúcia. Teresa ainda não concluíra o café. Disse que não se preocupasse, que ela mesma lavaria seus pratos. A policial comentou jocosamente que ela estava crescida. "Precisei", respondeu a jovem. Lavínia disse que verificaria como estava Vera. "Por que tu não para de fingir quando não tem ninguém de fora por perto?", Teresa perguntou. Aquela mulher imensa e gentil parou, já pronta a sair, deu de ombros e resignou-se: "Capaz! Tua mãe não quer". Sim, ela entendia. Ela era tão paranoica que temia que as paredes a denunciassem e tão controladora que não aceitaria que o amor se manifestasse sem suas amarras dentro de seu lar. Por isso seu pai, que não suportara a pressão, morrera. Por isso ela, que não queria se matar, partira. Mas agora a situação era outra, era preciso acatar.

Teresa tirou a mesa, lavou os pratos e saiu. Passou pelo quarto da mãe. Viu Lavínia confortando-a, dando-lhe os remédios e beijando-lhe os lábios com ternura e rapidez. Sua mãe assustou-se ao notar a filha na porta. "Tudo bem, mãe. Eu sei". Foi ao quarto de sua irmãzinha. Ela terminava de organizar tudo para a escola. "Quer que eu te leve hoje?", perguntou, sem resposta. "Tu não precisa falar comigo. Eu só te levo e te trago. Sem problema". Lúcia parou sua atividade, depois concluiu o que fazia e veio, cabisbaixa, para perto de Teresa, que entendeu o recado. "Vou levar Lúcia ao colégio", disse a Lavínia. "Tu ainda sabe onde é?", perguntou Vera, cutucando de leve. "Se não mudou de local", respondeu a jovem, aceitando o golpe. "Assim vocês podem ficar sozinhas", completou. "Teresa!", gritou sua mãe, preocupada que Lúcia entendesse o sentido. "Qual é, mãe! Lúcia é mais esperta que nós todas juntas. Ela já percebeu". A menina apenas sorriu.

Lavínia ajeitou uma Vera desconcertada em seus braços. Teresa apanhou sua chave, da qual nunca se livrara, e chamou Lúcia para saírem. A pequena, com sua mochila pesada, seguiu ao seu lado, em silêncio. Deixaram o prédio, andaram algumas quadras e pararam diante do colégio. "Não se preocupe. Não vou te beijar. Sei que tu não gosta", a jovem disse à pequena. Lúcia forçou um pequeno sorriso e entrou pelo portão da escola. Teresa respirou fundo. Ela era sua responsabilidade agora.

IX

Teresa deu um passeio pelo bairro. Queria dar um tempo à mãe e sua amada. Vagou pelas ruas a esmo, recuperando impressões. Pela primeira vez, teve a devida pausa para refletir sobre o que faria a seguir. Sentou-se na praça da prefeitura e pensou na vida, enquanto admirava as árvores ao redor e se acomodava ao frio de junho. Sobrara-lhe um pouco mais do que a grana com que se mudara para Florianópolis, o dinheiro que sua mãe guardara para dar início à sua vida universitária. Poderia ser usado para isso. Tomara gosto pela Psicologia nas leituras que fizera para fingir ser essa sua área.

Havia duas universidades públicas à disposição. Usaria o dinheiro para cuidar de sua irmã durante a graduação. Teriam de conter as despesas para fechar as contas, mas não lhes faltaria o essencial. E, como psicóloga, ela poderia cuidar melhor das necessidades especiais de Lúcia. A vida sem Vera se descortinava à sua frente, embora ela evitasse alegrar-se com o trágico destino de sua mãe. Lavínia poderia manter-se presente em sua vida, se o desejasse. Após a morte, que razão haveria para vergonhas? Talvez fosse o caso de confidenciar-lhe a profissão que seguira na capital e a confusão em que se enfiara. Ela poderia se informar discretamente sobre a situação de André e garantir que o deputado não estava em sua cola.

Teresa ainda temia que Almeida descobrisse sua verdadeira identidade e ameaçasse sua família. Queria crer que tal possibilidade era remota, mas em seu íntimo sentia aproximar-se o algoz. Respirou fundo, olhou o relógio e resolveu voltar ao apartamento. Já havia tomado suas decisões principais. A fase turbulenta em Florianópolis ficara para trás. Retomara seu potencial juvenil e seria uma outra adulta. Por sua mãe, por certo, mas principalmente por sua pobre irmã.

Andou pela Martin Luther com os olhos baixos, torcendo para não encontrar conhecidos. Não estava pronta para responder o que fizera em tantos meses fora. Ainda não construíra uma mentira densa e convincente. Chegou ao lar perto das dez, com o sol a amainar a baixa sensação térmica. Informou à mãe e a Lavínia que tiraria um cochilo, pra compensar o cansaço da viagem. Deixaram-na em paz algumas horas, até o momento de ir buscar Lúcia. Ela queria apanhar a irmã de agora em diante. Arrumou-se e avisou que estava de saída. Sentia-se novamente em família.

X

A paz não podia ser perpétua. Durante um momento descontraído, antes de sair para buscar Lúcia no colégio, Teresa informou que tentaria entrar numa das universidades públicas da cidade. Sua mãe ficou extasiada. Perguntou se ela enfim havia ganhado juízo e faria Direito, como Vera sempre exigira. A jovem lhe disse que faria Psicologia. Para Lavínia, era uma ótima escolha. "E o que tu sabe?", rebateu Vera, irritada. "Um psicólogo não passa é de um charlatão que não conseguiu ser psiquiatra porque não teve competência pra passar em Medicina". Teresa se incomodou com o preconceito da mãe. Disse que havia lido vários livros da área e que aquele era um campo legítimo de conhecimento — além de muito bonito. "Mas isso dá dinheiro, minha filha?", rebateu Vera. Aquela pergunta despertou um mar de mágoas na alma da garota. Lembrou-se de quando seu pai vinha contar de algum planejamento para o futuro e sua mãe sempre lhe contrapunha: "mas isso dá dinheiro, Danilo?". E seu pai, frustrado, reconhecia que todas as suas ideias eram infrutíferas e que não era feito para um mundo materialista. Por isso, pensava ela, havia ele se matado. Teve vontade de acusar sua mãe de intransigente, de dizer que fora por isso mesmo que ela fugira — para não se matar, como seu pai. Que por isso ficara obcecada em conseguir dinheiro e aceitara um trabalho que usualmente não cogitaria, apenas para não se ver obrigada a voltar para a casa da mãe com o rabo entre as pernas. E, por ironia do destino, seu trabalho resultou em uma situação que a obrigou a fazer o que mais temia. Queria dizer tudo isso, mas engoliu seco e apenas respondeu: "Se eu for uma boa profissional, dá, sim". E lembrou que Lúcia mesma frequentava uma psicóloga que sua mãe parecia ter em alta conta.

Lavínia tentou convencer Vera de que o campo profissional de uma psicóloga era amplo e valoroso, que ela mesma conhecia algumas pessoas ótimas que trabalhavam na área, que a própria polícia contava com esses profissionais e que Teresa poderia até fazer concurso para trabalhar como psicóloga em algum setor público, se fosse o caso. "Eu gostaria de dar aulas na universidade", disse a jovem. Lavínia falou: "Tu está vendo, Vera: uma carreira acadêmica. É algo muito seguro e que dá boa grana". Sua mãe se acalmou com a possibilidade. Preferia ainda que a filha seguisse seus passos e virasse promotora — ou, quem sabe, juíza. Não podia cobrá-lo de Lúcia. Não sabia o que cobrar de Lúcia. Mas Teresa tinha plena capacidade de seguir qualquer carreira, já era adulta afinal, e Vera sentia que ela recusava o Direito apenas para perturbá-la. Era mais parecida com o pai, sonhadora e criativa, mas incapaz de transformar suas ideias em algo rentável. Sua mãe era uma pessoa pragmática, e não aceitava que essa qualidade fosse tratada como um defeito. Alguém precisava prover para aquela família.

Vera temia que Teresa se mostrasse incapaz de cuidar de sua irmã quando ela se fosse. Não podia deixar os cuidados ao cargo de Lavínia, porque não eram oficialmente um casal, e Vera não suportaria a vergonha de assumir a relação publicamente. Admirava quem era capaz de enfrentar o mundo por seu amor; ela não podia sequer aguentar os olhares cruzados dos vizinhos. Para todos, dizia que Lavínia era como uma irmã, uma boa alma que vira sua necessidade e ajudara sua família a troco de nada. Estavam juntas havia anos, mas nem Teresa fora capaz de percebê-lo até então, de tão discretas. Sentia desejo de andarem de mãos dadas pelas ruas, de beijarem-se em público, de apresentarem-se como namoradas a todos. Seu pudor era maior. Morreria infeliz por ser incapaz de lutar por sua felicidade.

Quando Teresa descobriu o namoro das duas, precisou a princípio rever a imagem que tinha de sua mãe. Ela se tornara, em sua visão, alguém menos rígida, menos conservadora, ainda que, na prática, fosse a mesma mulher, com as mesmas ideias. Não percebera o quanto Vera estava em contradição consigo mesma. Ela amava Lavínia, mas estava presa à sua visão restrita das coisas. Estava presa às amigas preconceituosas, à comunidade católica que era seu segundo lar desde jovem, aos comentários no salão que frequentava.

Vera sempre foi de conformar-se, de adequar-se ao ambiente. Não era de enfrentamento. Mesmo em sua profissão de promotora, costumava seguir pelo caminho mais óbvio, para evitar conflitos com o senso comum. Lavínia amou-a primeiramente por sua aparência; só depois acrescentou à curta lista de vantagens sua tenacidade e sua dedicação à família. A policial era uma mulher rígida, mas se acostumara a ser aceita em sua patente masculinidade, por conta da profissão. Como autoridade, impunha-se em seu ambiente e suportava melhor os olhares atravessados. Queria que Vera assumisse o relacionamento para que ela pudesse cuidar de suas filhas quando sua amada partisse, além do direito de enviuvar propriamente com sua passagem. Precisara tirar uma licença não remunerada para cuidar de Vera em seus estágios finais e usara o aluguel de seu próprio apartamento para se manter.

"Tu conheceu alguém em Florianópolis?", perguntou Lavínia, deixando o termo neutro permitir a surpresa de um amor como o da mãe, algo que não era do histórico de Teresa. Mas também não era do histórico de Vera tal tipo de amor. Essas coisas aconteciam — ninguém podia prevê-las. "Teve um, sim, mas era mais um amigo, um grande amigo, que qualquer outra coisa", respondeu a jovem. "E o que aconteceu com ele?", quis saber Vera. "Não deu certo", disse Teresa, sem entrar em detalhes. Pensou em André. Queria saber como estava, mas não podia entrar em contato. Não podia entregar-se assim ao deputado. Esperava, no entanto, que seu amigo houvesse se recuperado. Saber que nunca mais o veria a entristecia, mas imaginava que ele ficaria melhor longe dela.

"Nenhum casinho?", perguntou sua mãe. A mente de Teresa enumerou seus clientes, desde Carlos até Almeida. "Nada de muito sério", respondeu. "E não pretendo me envolver com ninguém por um bom tempo. Estou de longas férias nesse quesito", complementou. Vera achava bom ouvi-lo. Outra de suas preocupações era que sua filha houvesse se envolvido com alguém de má índole em Florianópolis ou que talvez voltasse grávida. Mas sua menina fora mais ajuizada do que esperava. E agora seu sorriso tímido, sofrido, mais de alívio que de alegria, trazia luz à solidão de Teresa. A jovem pediu licença e tratou de ir buscar sua irmãzinha, que não podia ficar esperando muito tempo.

XI

Teresa pediu desculpas à Lúcia pela demora. A menina, que quase nunca falava, lhe disse: "Achei que tu não viria". A futura psicóloga se enterneceu com a voz tão pouco ouvida e sentiu doer a acusação de negligência. "Eu jamais faria isso contigo", respondeu. A brisa gélida do fim de tarde encheu de umidade a pausa seguinte. As irmãs andaram em paralelo, de mãos guardadas. Com os olhos no horizonte, Lúcia perguntou: "Tu não vai mais embora?". Teresa sentiu fundo a cobrança da irmã. "Nunca mais. Eu sempre vou cuidar de ti", garantiu. A criança deu-lhe um pequeno sorriso e deixou seu ombro encostar por instantes no braço da mais velha. Era sua demonstração máxima de carinho.

Voltaram em silêncio. O colégio de Lúcia era caro porque mantinha boas atividades ao longo do dia e tinha quem lidasse adequadamente com suas particularidades. Teresa frequentara uma escola mais simples. Tudo para ela fora um pouco mais difícil. Era a primeira filha e pegara um lar ainda desequilibrado. Quando Lúcia chegou, meses após o suicídio do pai de ambas, o cenário era outro. Desde cedo ficou claro que a mais jovem era especial, e Vera sabia lidar com suas necessidades. Era como se Teresa fosse a herdeira e

Lúcia, a filha. Mimava demais a pequena para ver se obtinha uma palavra de carinho. Cobrava apenas da mais velha. E intensificara suas exigências quando a caçula chegou. Um dia, ela não estaria mais presente e caberia à Teresa proteger Lúcia de um mundo repleto de sensações incômodas. A jovem não aceitara a responsabilidade a princípio, ferida ainda pela morte do amado pai. Fugira em parte para não ter sua vida ditada pelas limitações da irmã. Agora, de volta ao lar, revia sua fúria e aceitava a tarefa. Seria, para o resto de seus dias, a guardiã de Lúcia.

Chegaram ao prédio em poucos minutos. Teresa sentia uma imensa vontade de abraçar a pequena, mas sabia que isso a incomodava; achou melhor deixá-la quieta. Subiram os andares. Na porta do apartamento, a irmã mais velha voltou seus olhos para a caçula e pediu: "Nunca esqueça o que eu te disse". A menina apenas sorriu. Era o bastante. Teresa rodou a chave e logo estavam de volta ao lar. A pequena foi para o quarto sem falar com ninguém. Teresa avisou que estavam em casa. Lavínia saiu do quarto de sua mãe, viu a criança passar por ela, sentiu que estava contente e perguntou a Teresa: "O que tu disse a ela?". "Só disse que nunca mais vou embora", respondeu a jovem. "E é verdade?", questionou Lavínia, baixinho. Teresa sentiu uma leve dor na questão. Só acenou positivamente com a cabeça. A policial abriu um largo sorriso e lhe disse: "Vá se arrumar pra janta". E ela foi.

Estavam todas à mesa para o jantar. Mesmo Vera fizera um esforço a mais para se fazer presente. Eram uma família outra vez. Lavínia serviu a todas. Era uma macarronada simples. O prato fez Teresa lembrar de André, que sempre o preparava de almoço para os dois. Não pôde evitar as lágrimas. "O que foi, querida?", perguntou sua mãe. Engoliu o choro, limpou-se com a manga direita da camisa e mentiu: "É que senti falta de estar em família". Todos se enterneceram, menos Lúcia, que devorava metodicamente o espaguete. A sensação de estar em casa, no entanto, realmente mexeu com Teresa. Já estava quase esquecida da ameaça de Almeida. Focava-se em ser novamente a filha amada — pela primeira vez, quiçá, a obediente.

Sua relação com a mãe sempre fora complicada. Quando criança, era devotada ao pai, com o qual sempre se identificou mais. Vera era a figura irritante, cheia de regras, que tinha seu futuro todo planejado. Danilo preferia deixá-la livre para decidir seu caminho. E era muito carinhoso com ela, enchendo-a de beijos e chamegos todo o tempo. Teresa só tinha boas lembranças daquele homem. Talvez por isso fosse tão difícil perdoar a mãe por tê-lo pressionado tanto para que se enquadrasse, para que fosse o que não era, que ele não viu saída senão estourar os miolos.

A jovem tinha onze anos e estava voltando do colégio quando viu a movimentação no apartamento. Lavínia, então uma policial anônima, veio afastá-la da muvuca. Ela queria saber o que houve. Ninguém lhe dizia. Ouviu de relance alguém falar em suicídio e o resto ela adivinhou. Naquela noite, não conseguiu trocar uma palavra com a própria mãe. No enterro, não se consolaram. Quando soube que ela estava grávida, jurou que odiaria a criança. Achava que não era filha de seu pai; que talvez ele houvesse descoberto uma traição e não tinha conseguido lidar — era bem sua cara. Mas Lúcia nascera com os traços dele, e sua rejeição tornou-se desdém. Quando a pequena requisitou mais atenção, virou ciúme.

Ao longo da adolescência, não conseguia viver em paz com sua família. Passava o mais do tempo fora. Sua irmã caçula, quem diria, foi quem tentou a aproximação. Teresa sabia que não havia por que se revoltar contra ela, que ela não tinha culpa do que sua mãe fizera a seu pai. Mas não conseguiu se forçar a permanecer naquela casa quando concluiu o Ensino Médio e era hora de decidir os rumos de sua vida adulta. A mãe pressionava-a a seguir a mesma carreira que escolhera, mas ela não sabia o que decidir; só tinha certeza de que não seria Direito. Surgiram convites para atuar como modelo em sua cidade, e isso foi fazendo sua cabeça. Talvez fosse esse seu destino. Quando pintou a oportunidade de trabalhar em Florianópolis, fez as malas escondida, deixou um bilhete apenas informando que partiria para a capital, apanhou todo o dinheiro que estava em sua poupança e pegou o primeiro ônibus que pôde rumo ao amanhã. Não terminou bem, como sabemos. Agora estava de volta. E tinha de lidar com a imensa carga adiada.

XII

Teresa sentiu-se revivida nos meses que se seguiram. A vida familiar não tinha o mesmo ranço de sua adolescência, ganhando um deleite especial pela sensação de morte iminente que pairava sobre a casa. Cada momento era aproveitado porque a brevidade fazia-se sentir em cada refeição. O esforço de Vera para se fazer presente na mesa de jantar redobrava-se. Lavínia, sentindo que a dor não valia o rito, disse-lhe que não era preciso que ela comesse com todos, que poderia muito bem levar sua refeição para o quarto. Sua amada, olhando de longe, mastigou bem cada palavra que daria em resposta: "Tenho medo". "De quê, querida?", quis saber Lavínia. "De nunca mais sentar nessa mesa com vocês". As lágrimas vieram fortes. Foi preciso pacientemente acalmar Lúcia, que quase entrara em surto. Ela era quem menos aceitava o inevitável.

Teresa buscava afastar-se de suas antigas amizades, por querer se concentrar na família e por não saber o que lhes dizer sobre o período que passou em Florianópolis. Encontrou algumas amigas dos tempos do colégio quando trazia Lúcia para seu apartamento. "Por onde tu andou?", perguntaram. "Estive em Floripa", respondeu, sofrida. "E o que tu fez por lá?", perguntaram. "Trabalhei", respondeu, quase sem voz. "Mas trabalhou no quê?", perguntaram. Teresa respirou fundo, pensou no que diria e respondeu que trabalhou como modelo em eventos — como não havia muitos, voltara. Ficaram satisfeitas em sua curiosidade. Trocaram-se elogios e promessas de se reverem. Teresa queria distância delas. Pôs a culpa da pressa em sua mãe doente e em sua irmã ansiosa. Despediram-se. Sumiu no horizonte.

Logo era o aniversário da criança, e sua mãe desejava fazer algo especial. Mas Lúcia nunca quisera uma festa. Era compreensível. Dessa vez, no entanto, ela pediu que celebrassem. Quando lhe perguntaram quem ela queria convidar, respondeu: "Meu amigo". Assim, no singular. Nenhuma das três sabia, porque a menina era por demais fechada, mas Lúcia tinha um amigo: um menino reservado, como ela, que se sentava ao seu lado no recreio para curtirem juntos o silêncio recíproco. A criança não sabia como convidar ninguém para nada, então Teresa se ofereceu para assisti-la.

Na manhã seguinte, ela indicou quem era o garoto, e foram as duas juntas perguntar se ele queria ir à sua festa de aniversário. Ele olhou para Lúcia com estranhamento, mas a menina cortou o mal-entendido pela raiz: "Só tu que vai". Com essa restrição, ele aceitou. E foram ambos, sorridentes, para dentro da escola. Teresa enterneceu-se com a visão. Achava que a irmã estava enamorada.

De repente, notou que alguém, das sombras, tirava fotos. Podia jurar que eram dela. Talvez fosse um pervertido a registrar a entrada das crianças ou um pai distante, impedido de ver a sua. Mas podia jurar que o homem magro e discreto, com seu boné e seus óculos escuros, tirava fotos dela. Pôs as mãos nos bolsos e fez o caminho de volta para casa, olhando de tempos em tempos para trás, para checar se o bisbilhoteiro a seguia. Não mais o via. Ainda assim, achou por bem dar algumas voltas pelo bairro antes de voltar para casa. Queria despistá-lo. Talvez fosse só um perseguidor usual. Temia que fosse um detetive, a serviço de Almeida. Sentia-se paranoica. Parou numa loja de roupas. Disse à atendente que estava só olhando. Estava apenas fazendo cera. Dez minutos após, saiu do prédio, checou os arredores e, não vendo mais o estranho, seguiu para o apartamento da mãe.

Lavínia percebeu seu afobamento. Perguntou, na sala, longe da vista de Vera, a razão de Teresa estar tão nervosa. A jovem contou que viu um estranho tirando fotos e que achou que ele a estava seguindo. A policial disse que a levaria à delegacia mais tarde para ela prestar depoimento. A moça pediu que ficasse por isso mesmo, que só faria alarde se o visse de novo. Lavínia respondeu que era sua prerrogativa de vítima, mas que recomendava que ela denunciasse. Se não fosse alguém a seguindo, era quase certo que se tratava de um pedófilo. A namorada de sua mãe pediu, então, que ela a deixasse buscar Lúcia da escola naquela tarde, para checar o ambiente. A jovem consentiu.

Teresa queria contar tudo a Lavínia, mas não sabia como ela reagiria. Sentia-se envergonhada por suas escolhas em Floripa; tratava-as como frutos de sua imaturidade. Achava que a policial talvez fosse gritar com ela, que apontaria suas falhas ou, quiçá, que se mobilizaria tanto para protegê-la do deputado que, por um lado, seria impossível esconder a ameaça de sua mãe e, por outro, estaria a expor sua madrasta a um perigo grande demais. O deputado poderia, no mínimo, conseguir que ela fosse transferida para longe e aí sua mãe ficaria sem o conforto da amada em seus últimos dias. Não poderia permitir tal crueldade. Silenciou-se.

No fim da tarde, Lavínia aproveitou que Vera dormia para ir buscar Lúcia. Teresa deu várias voltas pela sala enquanto esperava. Impaciente, olhou pela janela da sala. Lá estava o estranho, do outro lado da rua, tirando fotos. Agora tinha certeza de que era com ela o lance. Era pouco provável que fosse um mero perseguidor. O deputado aproximava-se. Ficou tão nervosa que tropeçou na mesinha e derrubou um arranjo. "O que houve?", gritou Vera. "Nada não, mãe. Foi um descuido meu", disse Teresa e foi arrumar a bagunça. Precisava espairecer. "Onde está Lavínia?", perguntou Vera. "Foi buscar Lúcia", respondeu Teresa. "Por que tu não foi?". "Ela disse que precisava esticar as pernas", justificou. Terminou de arrumar sua bagunça, foi checar se sua mãe precisava de algo. Não precisava. Voltou à sala para esperar chegarem Lúcia e Lavínia. Chegaram. "Não vi ninguém", disse a policial. Teresa apenas sorriu amarelo.

XIII

Teresa ficou com os nervos em pane nos dias seguintes. Estava à espera de que Almeida a encontrasse em algum momento e a levasse à força para uma cidade distante, para ser sua amante enclausurada. O aniversário de Lúcia chegou enquanto ela se distraía em seu temor. Lavínia pediu que Teresa comprasse um bolo numa *delicatéssen* próxima. A jovem foi com seus sentidos armados. Olhava ao redor pelo caminho. Qualquer sombra que se deslocasse, qualquer automóvel que se locomovesse com mais langor, qualquer homem mais velho enterrado em seu chapéu ou jornal, tudo a enervava. Chegou à loja, pegou uns refrigerantes, selecionou a torta — de chocolate, como agradava à sua irmã — e retornou apressada ao apartamento. Viram-na sem fôlego, e isso pôs Lavínia em alerta. Lembrava do perseguidor de antes, que não vira no colégio. Podia ser mesmo alguém que estava seguindo a jovem. Não faltavam tipos estranhos a cercar jovens belas.

"Tu o viu novamente?", perguntou. "Quem?", respondeu Teresa, fazendo-se de desentendida. "Ora, tu sabe muito bem quem", rebateu Lavínia, mantendo baixo o tom de sua voz para não se fazer ouvir por Vera. "Eu só queria chegar o mais depressa possível", mentiu a jovem. A policial percebeu que algo estava errado, mas tentou manter a aura de normalidade para não estragar a festa. Lúcia parecia calma, mas estava ansiosa pela vinda do amigo. Havia posto sua melhor roupa para agradá-lo.

O menino chegou no horário previsto. Cumprimentaram-se sem se tocar e foram para o quarto de Lúcia. Vera fez menção de proibir, mas depois pensou "ora, eles só têm sete anos". A mãe do garoto perguntou pelo pai da menina. Quando soube de sua morte longínqua, pediu desculpas pela falta de tato, mas seu filho nada dissera sobre a família da amiga. Ela se sentia feliz por o pequeno encontrar uma criança com quem se relacionava, tão usualmente sozinho. Vera, que se arrumou ao máximo para disfarçar sua moléstia, comentou que ela também se alegrava de que Lúcia tivesse feito uma amizade.

Quando Lavínia ofereceu um refrigerante, a visita perguntou se ela era tia da pequena. Ficou um clima constrangedor. Teresa adiantou-se e explicou: "ela é uma grande amiga da família, praticamente madrinha de Lúcia". A mulher não se convenceu com o dito e ficou a observar os comportamentos. Chegou à conclusão de que Vera e Lavínia eram amantes e sua repulsa a esse tipo de relacionamento falou mais alto que seu contentamento pela socialização de seu filho: levou o menino mais cedo para casa e o proibiu de manter uma amizade com Lúcia. O pequeno, sem entender as razões, mas incapaz de desobedecer a sua mãe, afastou-se da amiga. Foi sofrido demais para as crianças; sua primeira decepção amorosa. Não entender a razão do afastamento foi um agravante na sensação de perda. Demoraria muito para que Lúcia encontrasse outra companhia de sua idade.

O bolo ficou quase todo para Lavínia. A criança, sentindo a rejeição, recusara-se a comer quando seu amigo partiu. Teresa estava preocupada demais com o fotógrafo sombrio que a perseguia. Vera tinha náuseas por conta do tratamento. A policial comeu o quanto pôde e pôs na geladeira o que sobrou. Sentia-se culpada pela gulodice, mas também era incapaz de desperdiçar comida. Aprendeu-o com a família, pobre, que não se dava ao luxo de deixar sujo um prato. Sua leve obesidade era herança de sua criação. Ela afetava sua percepção de si, fazendo com que ela se sentisse nada atraente. Isso explicava em parte seu apego extremo a Vera. Não acreditava que alguém tão bela pudesse se interessar por ela — e era eternamente grata por seu amor. Por isso suportava sem chiar todo o desconforto trazido por ter de cuidar de uma pessoa em estágio final de câncer. Atuava como uma auxiliar de enfermagem, lidando com as necessidades fisiológicas da amada. O desejo sexual partira com os primeiros sintomas, mas o amor só crescera. Como André, acreditava que tal grau de cuidado era uma prova maior de amor que qualquer indício de luxúria. Mas não tinha a repulsa pelo sexo que o falso namorado de Teresa tinha. Sentia falta de um corpo delgado sob o seu. Culpava-se, contudo, por manter tais interesses enquanto sua amada convalescia. Era humana, no entanto.

Teresa achava admirável a lealdade de Lavínia à sua mãe. Precisava admitir que seu pai não a amara com tal entrega. Sentia que Lúcia estaria bem em suas mãos, mas Vera não permitira que o relacionamento se tornasse oficial, e a criança seria entregue aos cuidados da irmã. A moça precisava mais disso do que a pequena. Precisava de alguém que dependesse dela e que a forçasse, por consequência, a ser mais madura. Era-lhe indiferente no passado, mas sentia crescer um carinho familiar por aquela criatura frágil.

A diferença de idade tornava possível que se sentisse mãe da própria irmã. Teria sido uma mãe muito jovem, mas historicamente tantas mulheres foram mães aos doze anos. Era sua responsabilidade garantir que nada de doloroso se desse àquela criança, se estivesse em seu poder evitá-lo. Deu uma passada em seu quarto e a viu olhando para a parede, como se admirasse o passeio de formigas quase invisíveis. Fazer Psicologia, além de garantir uma fonte de renda confiável, a ajudaria a entender a pequena e a ser uma melhor mãe para ela. Sorriu. Estava enternecida por sua presença. Depois seguiu para seu quarto, banhou-se e dormiu.

XIV

Teresa viu Almeida do outro lado da rua. Podia jurar que era ele. Estava saindo de uma banca com um jornal e dirigindo-se a um automóvel preto, diferente do que ele usava para contatá-la em Florianópolis. Viu-o de relance e com o brilho do sol matutino a reduzir a nitidez da mirada. Já não tinha certeza se era mesmo ele ou somente alguém parecido. Por alguns momentos, ficou parada, estarrecida, com a mochila de Lúcia nas mãos. A menina chegou a dar uns passos a mais. Parou quando notou que já não era seguida. Não entendeu a pausa da irmã. Mal conseguia ler o temor em sua expressão. Voltou, pôs-se ao seu lado e aguardou que ela voltasse ao padrão.

Teresa saiu do encanto depois que o carro partiu. Até então, esperava que o deputado exigisse que ela entrasse com ele e partisse para sabe-se lá onde. Após o incidente com o fotógrafo, esperava uma aparição de seu desafeto. Chegou a pensar em fugir novamente, mas havia prometido à irmã que não mais a deixaria e, ademais, queria estar presente aos últimos dias de sua mãe. Percebendo o olhar de questionamento de Lúcia, disse somente "vamos" e prosseguiu com ela em direção à escola. Entregou a mochila à pequena e quase a abraçou. Mas voltou atrás no último minuto, lembrando da aversão da menina a contatos. Deixou-a no colégio e retornou ao apartamento, alerta a qualquer sinal do deputado pelo caminho.

Quando chegou ao apartamento, notou a tosse contínua de sua mãe. Lavínia chamava um táxi enquanto arrumava uma sacola para dar algum conforto a Vera no hospital. Foram as três. A doente foi internada imediatamente. Antes de subir ao seu quarto, agarrou o braço da policial e a fez prometer que não deixaria que a entubassem. Tinha medo de não voltar para casa e queria morrer entre os seus entes queridos. Lavínia queria segui-la como acompanhante. "Sinto muito, só família". Teresa ia dizer que ela era parceira de sua mãe, mas a policial a interrompeu. Quis cumprir os caprichos de Vera até o fim. Apresentou a jovem como filha da acamada. Com isso, Teresa pôde subir.

Ao chegar, viu sua mãe já mais calma, sem tosse. Perguntou à médica quando ela poderia voltar. A doutora informou que o quadro de Vera era muito grave e que ela preferia entubá-la. Teresa implorou-lhe que não fizesse isso, que sua mãe só queria ir pra casa, morrer na própria cama. A médica disse que entendia, mas exigiu que a jovem assinasse uma papelada isentando o hospital da responsabilidade. Ao assinar, Teresa sentiu-se como que decretando a morte de sua mãe. Papéis guardados, a doutora pôs a mão no ombro esquerdo da filha de sua paciente e disse que Vera havia tomado um coquetel de medicamentos, que sua tosse cessaria e que ela poderia voltar para casa em algumas horas, mas que sua situação só pioraria e que Teresa se preparasse para o pior.

Voltaram para casa pouco após o meio-dia. Comeram qualquer coisa. Vera estava profundamente adormecida. Era a etapa final. Com os remédios prescritos, ela dormiria quase o dia inteiro. Sofreria menos. Lavínia tentou não chorar na frente de Teresa, mas ambas acabaram tendo de se consolar. No fim da tarde, o clima ainda estava pesado no apartamento. A filha mais velha preparou-se para buscar a caçula. A policial pediu para trocarem de função por alguns minutos. Ela sentia que Lúcia ficaria ansiosa ao perceber a tristeza de Teresa. A policial sabia disfarçar melhor as suas dores.

A jovem ficou com a mãe, sozinhas naquele apartamento imenso. A doente estava tão frágil e distante que só podia provocar ternura. Teresa acariciou a cabeça desnuda de sua mãe. Deu um beijo em sua testa fria. Depois, levantou-se para apanhar um copo d'água. Ao passar pela sala, sentiu algo correr sua espinha. Foi até a janela: lá estava Almeida, encostado no carro preto, olhando para seu prédio. Voltou para as sombras, assustada. Agora era certeza. Foi até a cozinha, tremendo e suando. Bebeu muita água; gelada. Queria acalmar-se. Precisava acalmar-se. Não tinha mais para onde ir. Queria ficar com a mãe. Queria cuidar da irmã. Devia dizê-lo a Almeida. Encararia quaisquer consequências. Foi novamente à janela. O automóvel não estava mais lá.

Apontavam na esquina, Lavínia e Lúcia. Vinham em silêncio, como era de se esperar. A policial preferiu conversar com a criança dentro do apartamento. A menina não percebeu o sobressalto da mulher. Apenas registrou a troca de companhia no retorno ao lar. Subiram com a devida calma. Na entrada, Lavínia respirou fundo, abaixou-se e disse à Lúcia que sua mãe piorara e que ela não se assustasse com sua aparência ou o fato de ela dormir demais.

A menina entrou correndo no quarto de Vera. Ficou a uma certa distância, mexendo as mãos nervosamente. Depois se aproximou da mãe e tocou de leve sua testa suada. Caíram as primeiras lágrimas e um som estranho saiu de seus lábios. Não sabia expressar tristeza de um modo socialmente aceito. Mas perdoariam isso numa criança. Deixaram-na entrar e sair de sua crise sozinha. Ela precisaria lidar com o luto em breve. Lavínia veio pedir à Lúcia que deixasse sua mãe descansar. A menina não queria sair do quarto. Teresa se aproximou e a criança encostou-se em seu tronco, sem usar as mãos em forma de abraço. Queria só aquele mínimo contato. Sentia que apenas sua irmã a entenderia e saberia lhe explicar como processar o sentimento. Teresa abaixou-se e falou com Lúcia. Disse que tudo ficaria bem, que elas ficariam juntas, que a pequena jamais ficaria só. Tentou abraçá-la, mas a criança recusou-se, afastou-se das três e foi trancar-se no quarto. Seriam dias de dor contínua naquele apartamento.

XV

Teresa foi informada de que sua mãe e Lavínia se casariam. Vera ficou sabendo dos pormenores de sua passagem pelo hospital e horrorizou-se ao ouvir que Lavínia fora impedida de ficar ao seu lado. Aquele era o golpe derradeiro. Sentia que estava privando a amada de seus direitos de cônjuge. Após sua morte, sabia, nem o luto lhe seria permitido. Aquilo era demais para ela. Escondia a relação por quê? Por conta de amigas que nunca a visitavam? Por causa de ensinamentos que de nada lhe serviam em seu leito de morte? Não suportava mais dizer às poucas pessoas que entravam naquele apartamento que Lavínia era somente uma amiga. Lavínia era muito mais que uma amiga: era sua própria vida; devia-lhe tanto e queria-lhe tanto.

Teresa aprovou entusiasticamente a decisão. A cerimônia seria na sala do apartamento, senão no próprio quarto. Vera temia não ser capaz de ir a um cartório, então pediu que uma juíza amiga realizasse o processo em sua casa. Seria naquela semana ainda. Não podiam perder tempo. Teresa ficou de avisar às raras amizades que Vera supunha que não lhe faltariam nesse momento. Lavínia chamaria a mãe e alguns amigos do trabalho.

Quando Lúcia foi informada da novidade, apenas perguntou: "O que vai mudar?". Lavínia respondeu: "Nada vai mudar, de verdade. A gente apenas vai tornar tudo oficial". A criança deu de ombros e foi pro seu quarto. A nova situação mudaria, sim, alguns pontos essenciais: Lavínia tornava-se herdeira de Vera e passava a ser guardiã oficial de Lúcia. A policial garantiu à Teresa que nada mudaria e que ela ainda preferia que a jovem assumisse responsabilidade por sua irmã, que era o melhor para ambas.

Compareceram todos os convidados. A mãe de Lavínia, uma senhora corpulenta, de nariz grosso e bochechas rosadas, estava mais emocionada que a própria filha. Desde criança, sabia que ela um dia lhe apresentaria uma noiva. Trouxera a primeira namorada ao lar, na provinciana comunidade de Belchior, quando tinha somente doze — e foi, surpreendentemente, muito bem recebida. O pai, um homem rústico e direto, era ainda reticente, mas foi convencido de que estaria mais irritado se ela levasse um rapaz. E ambos gostavam das escolhas da filha. A mãe de Lavínia lamentava que seu marido tivesse morrido antes de ver a filha casada. Foi ela quem conduziu a noiva ao altar improvisado onde Vera a esperava fazendo muito esforço para se manter de pé. A cerimônia foi curta e emocionante, com juras amorosas comoventes. Trocaram anéis, assinaram o documento, era oficial.

Teresa esqueceu-se por instantes da perseguição do deputado. Lúcia tomou seu refrigerante em um canto afastado. Souberam respeitá-la. Vera recebeu um tratamento de beleza improvisado; sua filha maquiou-a, pôs um lenço florido em sua cabeça nua e escolheu dentre seus vestidos o mais adequado. Lavínia casou de terninho bem cortado; não era dada a vestidos. Fizeram uma encomenda de doces e salgados que rendeu mais do que o esperado. Todos se emocionaram. Todos se empanturraram.

Na despedida, os poucos amigos de Vera que vieram prometeram voltar logo. "É melhor que seja logo mesmo", respondeu a doente. E o clima pesou novamente. O adeus de sua sogra foi o mais choroso. Abraçou-a com um misto de desespero e cautela, olhou em seus olhos e disse: "Queria tê-la conhecido antes". Todos saíram prometendo visitas. Nenhum viria a tempo. Naquela noite, Vera estava tão feliz que se esquecera de tomar dois comprimidos, e a dor no corpo todo lembrou-lhe.

Finalmente Lavínia dormiu na cama de Vera. E dormiria até o fim.

XVI

Teresa foi abordada pela motorista de Almeida. Era a mesma de Florianópolis, ainda que o automóvel fosse outro. Recomendou que ela entrasse no carro sem escândalo. A jovem voltava para o apartamento depois de deixar Lúcia no colégio. Achou melhor obedecer. Sentou-se no fundo, fechou a porta, aguardou que a mulher falasse com ela. A motorista simplesmente travou o carro e dirigiu. "Pra onde a gente vai?", perguntou Teresa. Não houve resposta.

Mais adiante, o carro parou rapidamente, só o tempo de Almeida entrar pela porta oposta. O automóvel seguiu, ainda em silêncio. "Não vais perguntar como te achei?", questionou o deputado, em voz suave. "Eu vi o detetive", respondeu a jovem, para surpresa do interlocutor. "Tu devia ter pago um melhor", completou. Voltou a calar-se, olhando a paisagem enquanto passavam por seu prédio. "Eu não vou contigo a lugar nenhum", disse Teresa.

O carro parou perto da esquina. "Eu não quero mais que tu vás comigo. Quero que fiques exatamente onde estás", retrucou Almeida. A jovem ficou em suspensão. Não entendia qual era o jogo do velho agora. Ele soava mais perigoso quando saía do *script*. "O que é que tu quer dizer com isso?", perguntou Teresa. "Eu não sou um monstro, Laura. Eu sei que tua pobre mãe está morrendo. Também sei que ficarás responsável por tua irmã retardada quando ela se for. Não quero que seja diferente. Sou um político que sempre defendeu valores familiares, tu sabes. Não quero separá-la da tua família, depois que descobri que tu tens uma. A mim, basta que tu me recebas em teu apartamento de vez em quando. Agora que sei que tu te aposentaste, não preciso exigir que pares de ver teus outros clientes. Se tu me acalentares de tempos em tempos, se fizeres meus mimos, saberei ser muito generoso", disse o deputado.

"O que acontece se eu negar?", questionou, temendo o que ele responderia. "Eu não recomendaria. A vida da tua irmã já é muito difícil como é. Imagina como ficaria se soubessem do que tu fazias pra viver lá em Florianópolis. Foi muito complicado encontrar um colégio adequado para ela, imagino. Ter de recomeçar a vida em outra cidade seria um pesadelo", falou Almeida.

Houve uma pausa, depois ele retomou: "Mas não te preocupes: não sou um monstro. Sei da condição de tua mãe. Vou te dar o tempo necessário para tu te despedires dela e para chorares tua perda inevitável. Aguarda meu contato daqui a alguns meses". Almeida deu o sinal e as travas foram retiradas. Teresa preparou-se para sair quando ele agarrou seu braço esquerdo e acrescentou uma última ameaça: "Ah, quanto àquela policial que 'se casou' com tua mãe", disse-o com desdém, "eu não contaria nada disso a ela. Tenho poder o bastante para fazer com que ela sofra um acidente de trabalho, daqueles que podem atravessar coletes".

A jovem saiu do automóvel e fechou a porta com força; era o máximo que podia fazer. Estava em uma ratoeira. Olhou para o prédio da mãe, longamente, com funda melancolia. Entrou no apartamento cabisbaixa. "Está tudo certo?", perguntou Lavínia em voz baixa. "Como haveria de estar?", respondeu Teresa, apontando com a cabeça para o quarto da mãe. Seguiu para o próprio quarto, onde se despiu lentamente, ponderando, com muita calma, suas possibilidades. Depois entrou no banheiro, abriu o *box*, ligou o chuveiro e deixou que as lágrimas descessem somente durante o banho.

XVII

Teresa decidiu contar tudo a Lavínia. Chamou-a ao seu quarto num dos vários momentos de sono profundo de Vera. Fechou a porta e pediu que ela ouvisse a tudo sem dizer nada. Que só lhe respondesse quando ela terminasse. Sua madrasta aceitou as condições, preocupada. Passou, por sua mente de policial, diversas conversas possíveis. Conhecia todo tipo de estória. Tantas jovens envolvidas com tráfico de entorpecentes ou metidas com assassinos. Aquela era a filha mais velha de sua amada. Ela cuidaria da pequena Lúcia, que Lavínia tratava como sua. Em qualquer problema que tivesse se envolvido, seria trabalho da policial ajudá-la. Sentou-se em sua cama e aguardou o baque.

Teresa respirou fundo, para criar coragem. Depois também se sentou em sua cama, desabada, com lágrimas a escorrer sem pausa. Lavínia tentou consolá-la, mas ela recusou aproximação. Precisava lidar com aquilo, tomar fôlego e contar tudo. Conteve seu pranto a custo. Levantou-se, foi até a janela, olhou a rua, nada do automóvel de Almeida, voltou sua atenção para sua madrasta. Começou a revelar o que fizera em seus meses em Florianópolis. Lavínia fez menção de reagir ao descobrir que ela trabalhara como garota de programa, mas aquilo não era tudo, percebeu e se conteve antes mesmo de Teresa pedir-lhe.

A jovem contou de seu falso namorado André e de como ele foi sua família naquela cidade de estranhos. Depois chorou novamente ao lembrar a situação na qual o deixou quando veio apressada, em fuga. "De quem tu fugia?", perguntou a policial, rompendo seu silêncio. Sentiu que era essa a questão. Teresa falou sobre o deputado, contou de sua proposta inicial, depois de sua perseguição, de como a tirou do ramo à força e de como ele foi responsável pela surra levada por André. Ela disse que deixou em seu apartamento todos os seus móveis, seus vestidos, sapatos, maquiagem, tudo que era de Laura. O senhorio provavelmente os achara e já vendera para compensar os aluguéis em atraso.

Teresa tomou fôlego, limpou as lágrimas, assoou o nariz e retomou a narrativa. Passara meses de relativa tranquilidade em Blumenau, reatando os laços familiares, dormindo melhor à noite, revendo as suas possibilidades profissionais. Levar Lúcia ao colégio e trazê-la, aquele gesto diário de atenção, fazia tão bem a ela quanto à menina, talvez melhor ainda a Teresa. Agora sentia que tudo aquilo seria conspurcado. "O tal de Almeida voltou", concluiu Lavínia. "Sim", respondeu a jovem. Ela explicou que o estranho que a fotografou das sombras era um detetive contratado pelo deputado. Ela vira, dias depois, o dito-cujo entrar em um automóvel preto perto do colégio de Lúcia. Ficou apreensiva. Agora, finalmente, o sujeito fez contato. Disse que não mais exigiria que ela viajasse com ele, que lhe bastava que ela o recebesse no apartamento para os “carinhos habituais”. Ameaçou revelar seu passado publicamente, para provocar constrangimento a Lúcia, e disse que mataria Lavínia se ela se envolvesse.

Não era a primeira vez que a policial recebera uma ameaça do tipo. Já estivera sob a mira de um revólver em mais de uma ocasião. Era durona, não se intimidava. “Pois tu deixe isso comigo, daí”, pediu, abraçando a jovem. “Mas não deixe transparecer que tu me contou nem me pergunte o que eu farei”. Ficou acordado que fingiriam que estava tudo como antes. O próprio Almeida dera-lhe meses para se despedir de sua mãe e para lidar com o luto. Esses meses seriam usados por Lavínia para se livrar do inconveniente.

Vera acordou e chamou por Teresa. Ela foi ao banheiro lavar o rosto e botar sua melhor expressão de tranquila. Sua madrasta chegou primeiro e perguntou à amada o que foi. Vera respondeu que estava pronta para fechar as últimas pontas de sua vida e precisava esclarecer para sua filha as circunstâncias da morte de seu pai. Teresa chegou no quarto a tempo de ouvir a última parte. Estava curiosa para ouvir o que ela teria a lhe dizer. Sentou-se na cadeira colocada por Lavínia para ficar acompanhando o sono de Vera. Sua mãe tossiu um pouco antes de começar.

XVIII

Teresa ouviu sua mãe com atenção. O assunto sempre lhe interessou e foi causa parcial de sua fuga para Florianópolis. Quando criança, ela era muito apegada ao pai. Vivia em suas cercanias. A rebeldia de sua puberdade voltou-se toda contra a personalidade rígida de Vera. Quando seu pai se matou, com um tiro na boca, ela se sentiu abandonada, completamente sozinha, condenada a viver com sua mãe, a quem culpava pelo suicídio. A descoberta da gravidez de Vera, em vez de abrandar o sentimento, aumentou-o. Essa era a chance por que sua mãe esperava, de ter uma criança para moldar sem a presença destoante de Danilo. Ao menos, era o que a garota, aos onze anos, pensava. E seguiria com essa impressão ao longo da adolescência, conforme Lúcia demandava atenção especial e parecia mais adequada ao pensamento estrito de Vera. Só largou mão da implicância quando Almeida obrigou-a a retornar para casa e encarar sua família sob outro prisma. Estava em paz com seu passado, tanto o recente quanto o longínquo. Não imaginava o que sua mãe poderia dizer que mudasse algo em sua forma de ver seu finado pai.

Vera tomou coragem para começar. Pediu a Lavínia que se sentasse na cama ao seu lado. Deitada em seu leito de morte, mui frágil, esquálida, interrompendo as palavras aqui e ali por causa da tosse, ela pediu que Teresa a deixasse falar até o fim e que não pensasse mal dela pelo que acontecera. A jovem segurou a mão trêmula de sua mãe e falou que não era preciso dizer nada. Mas a mulher sofrida precisava desabafar antes de partir. Com Teresa devidamente acomodada, Vera começou sua explanação:

"Quando eu conheci teu pai, me apaixonei na hora. Ele era um rapaz tão divertido, sempre com ideias inovadoras. Era a criatividade em pessoa. Para uma mulher tão afeita a ter as coisas organizadas do meu jeito, ele era um alívio de mim mesma. Ele sempre me fez relaxar e tirar um momento para sorrir. Danilo me pediu em casamento na praça de alimentação de um shopping, num dia particularmente lotado. Eu estava tão envergonhada, mas, ao mesmo tempo, embevecida. Nós nos casamos alguns meses depois e engravidei antes de completarmos um ano juntos. Queríamos uma menina — e tu veio. Ficamos tão felizes. Ele não foi muito participativo nas trocas de fraldas e nos banhos, mas eu atribuí isso a um defeito de criação. Homens geralmente não são educados para ajudarem as mães no dia a dia. Ele ficou responsável por cuidar da casa, enquanto eu me dedicava totalmente a cuidar de ti. Afora isso, era um bom pai. Gostava de brincar contigo, de te fazer caretas, de passear no parque. E era um bom marido. Sabia ter a devida paciência com meus destemperos e jamais levantou a voz pra mim. Quando percebi que ele gostava de ficar sozinho com seu computador e que apagava logo a seguir o histórico de navegação, julguei que compensava o meu resguardo com a masturbação. Sei que não é algo muito agradável de se ouvir sobre teu pai, mas não é, nem de longe, a coisa mais repulsiva que te contarei a respeito dele; aguarde. Eu dei a ele a devida privacidade, fingindo não haver percebido seu pendor pela pornografia. Até imaginei que, quando passasse meu período de pausa, poderíamos usar esses vídeos para esquentar nossa relação. Eu mesma gostava de narrativas eróticas, mas as preferia em livros. Sim, eu sei que isso também não é bom de se imaginar, mas teus pais eram ambos seres humanos e a maioria dos seres humanos diverte-se com esse tipo de coisa. Conforme tu crescia, fomos nos afastando. Nossas diferenças foram se impondo e tivemos várias discussões sobre como tu devia ser educada. Teu pai queria deixar tudo ao sabor do acaso, achava que tu se sairia bem se escolhesse desde cedo teus próprios caminhos. Eu queria exercer a autoridade materna para te apontar um rumo de vida desejável. Queria evitar que tu cometesse erros que pudessem prejudicar teu futuro. Teu pai achava que tu podia cometer todos os erros necessários, porque sempre estaríamos presentes. Mas eu perdi meus pais cedo e sabia que tu talvez tivesse de te virar ainda jovem. Nosso desentendimento estendeu-se para o campo sexual. Passamos anos sem contato, aliviando nossos desejos individualmente. Um dia, quando tu tinha nove anos, teu pai esqueceu de apagar o histórico e eu pude ver o tipo de pornografia que o atraía. Eram imagens de horror: fotos de meninas pré-púberes em poses eróticas; algumas delas nuas. Apaguei eu mesma o histórico. Fiquei na dúvida do que fazer. Se contava a Danilo o que havia visto ou se tratava aquilo como algo menor. Havia outras páginas de pornografia abertas, com atrizes adultas. Talvez fosse apenas curiosidade. Ou talvez ele tivesse caído naquela página horrível por acaso. Resolvi observar o comportamento dele nos dias seguintes. Eu olhava para o modo como ele te tocava, para ver se havia algo de errado. A princípio, parecia que não. Mas, certa vez, após tu sentar no colo dele e se recostar em seu peito, eu notei que ele teve uma ereção. Isso me deixou revoltada. Eu te chamei no mesmo instante e te pedi pra tu te arrumar pra sairmos. Era só uma desculpa pra te tirar de perto daquele homem. Então parti para cima de Danilo e, com o máximo volume que me permitia não ser ouvida por ti, falei pra ele: 'Que diabos de monstro é tu?'. Ele ficou assustado com minha altercação. 'Do que tu está falando, querida?', disse, cruzando a perna, ainda sentado. Eu respondi: 'Levanta e eu te mostro'. Ele, sem jeito, teve de se erguer, deixando clara a ereção. 'O que é isso aí?', perguntei. 'Esse tipo de coisa acontece. A gente não tem controle', disse-me então. 'Nossa filha tem a idade das mesmas meninas que tu vê peladas no computador', acusei. Ele ficou pálido. Não me disse nada. Eu ataquei: 'Sim, eu vi. Quis acreditar que fosse apenas curiosidade ou o acaso, mas parece que tu gosta mesmo de meninas escandalosamente novas'. Ele fez menção de que diria algo, mas logo se pôs a chorar. Eu fiquei enternecida e, ao mesmo tempo, preocupada que tu surgisse naquele momento e me visse contrapondo teu pai. Danilo defendeu-se: 'Eu não consigo evitar. É como uma compulsão. Eu achei que pararia agora que sou pai, mas só piorou'. Eu não sabia o que responder. Nesse momento, tu voltou do quarto, arrumada e saltitante. Quando tu viu teu pai chorando, quis se aproximar dele, mas o próprio Danilo pediu que tu te afastasse dizendo: 'Papai está doente, é melhor não te aproximar'. Tu ficou chateada, mas obedeceu. Sempre o obedecia. Falei com seu pai baixinho: 'Tu trate de procurar ajuda. Ou levo minha filha pra onde tu jamais a encontre'. Saí contigo. Ele começou a se consultar com um psicólogo. Ao mesmo tempo, evitava ao máximo ficar sozinho contigo e ter muito contato físico. A terapia estava dando resultado. Ele estava mais seguro para estar contigo, e tentamos recuperar nossa vida sexual. Quando tu tinha onze anos, quase doze, eu engravidei de Lúcia. Tinha acabado de voltar de uma consulta médica quando apanhei Danilo se masturbando enquanto te observava dormir de blusa e calcinha. Ao me ver, pareceu que seu mundo caiu. Ele se trancou em nosso quarto. Eu tentei falar com ele, mas Danilo não respondia. Eu te chamei e te disse pra ir ao colégio. Tu falou que estava cedo. Eu falei para me obedecer sem questionar. Tu te aprontou, irritada, e saiu. Observei da janela quando tu dobrou a esquina. Depois voltei à porta do quarto e falei com meu marido que nossa filha já havia saído. Ouvi a porta se destrancando. Respirei fundo e entrei no quarto, disposta a informar a Danilo que tu e eu iríamos embora. Nunca esquecerei o que vi: teu pai, nu, num canto do quarto com meu revólver em sua mão. 'Eu não pude evitar', disse ele, tremendo, com a arma entre os dedos. 'Danilo, abaixa esse troço, vamos conversar', eu pedi. Ele destravou o revólver, disse 'Minha vida acabou', enfiou o cano na boca e esperou minha reação. Passou muita coisa na minha cabeça naquela hora. A principal era que tu jamais estaria segura enquanto ele estivesse vivo. Então olhei séria para ele e perguntei: 'O que está esperando?'. E ele apertou o gatilho".

Teresa absorveu cada porção da verdade como um soco no estômago. Quando sua mãe terminou de falar, ela apenas se levantou, apanhou suas chaves e saiu do apartamento. Deu uma longa volta e ficou parada na Prainha, fitando os pássaros, até ser o momento de buscar Lúcia no colégio. Vera ficou chorando em casa, no colo de Lavínia, que já sabia de tudo e lhe aconselhara a contar. Quando voltou para o prédio, Teresa foi direto ao quarto da mãe, beijou-lhe a testa e disse: "Não vamos mais falar sobre isso". Era o máximo que poderia dizer. A situação era absurda demais e não estava preparada para perdoar sua mãe. A solução era deixar como estava.

XIX

Teresa ajudou Lavínia a cuidar de Vera. Sua condição se deteriorava a cada dia. Discretamente, a jovem entrou em contato com os amigos mais diletos de sua mãe, pedindo-lhes que viessem se despedir, porque ela não viveria muito. Todos se prontificaram a aparecer, mas nenhum veio a tempo. Lúcia teve mais dificuldades que sua irmã e sua madrasta para lidar com a perda iminente. Não chegara a conhecer o pai, então, por toda a sua vida, sua mãe era sua referência primordial do mundo adulto.

Quando sentiu que estava em seus estertores, Vera chamou-a para prepará-la. A menina recusou-se a se aproximar do quarto. Sentia que era uma despedida e acreditava que tinha algum poder de decisão a esse respeito. Teresa precisou lhe dizer com calma que ela se arrependeria por toda a sua vida se não fosse ver sua mãe naquele momento. Diante de tal prognóstico, a pequena sucumbiu. Chorando, entrou no quarto de Vera, aproximou-se da mãe, encostou sua cabeça na dela e disse: "Mãe, não vá. Eu vou ser boa". Todas choraram. "Eu te amo, minha menina. Nunca te esqueça: mamãe te ama", disse e, virando a cabeça para cima, beijou a testa da pequena. Ela tomou um susto com o beijo, mas não se mexeu; disse somente um "Eu te amo, mãe" e voltou a chorar. Teresa pediu que sua irmã saísse de perto de Vera, para ela poder descansar. A menina falou "Não" e se aproximou mais da mãe. Somente quando a própria Vera pediu-lhe que a deixasse dormir, Lúcia deixou o quarto e trancou-se no seu.

A seguir, ela trocou umas últimas palavras com Teresa. "Mãe, eu peço que a senhora me desculpe por toda a dor que te causei", disse a filha. Vera só respondeu: "Mamãe te ama. Tudo que tua mãe fez foi porque ela te ama". A jovem respondeu que sabia disso e que também a amava. Com cara de sono, Vera pediu que Teresa a deixasse dormir. Quando Lavínia ia saindo junto com a garota, sua esposa perguntou: "Para onde que tu vai?". Vera queria dormir no colo da amada. A policial ajeitou-se na cama e deitou a cabeça raspada de seu grande amor em seu peito, aninhou-a, beijou-lhe o cocuruto e se deixou dormir com ela.

Somente Lavínia acordou.

O velório foi mais frequentado que o casamento. Muitas amizades que se recusaram a comparecer ao enlace estavam lá para o futuro enterro. Os comentários maldosos, que Vera tentou evitar por anos, estavam presentes. Lavínia fingiu não os ouvir. Teresa não teve a mesma presença e foi aos futriqueiros exigir que se retirassem, que, se falavam aquelas coisas dela depois de morta, era por não serem seus amigos. Vera queria uma missa em sua homenagem, mas o padre, ao saber por terceiros de seu *status* marital, recusou-se. Disse que, no máximo, poderia incluir seu nome, discretamente, na oração em honra aos mortos.

Lavínia aceitou as migalhas. Por Vera, aceitaria tudo. Os verdadeiros amigos vieram prestar-lhe honras. Sua mãe não saiu de seu lado. Teresa passou a maior parte do tempo levando Lúcia para longe do caixão. Não fora uma boa ideia trazê-la. As filhas saíram mais cedo. Nenhuma das duas estaria presente ao enterro. Somente Lavínia representaria a família. O padre não se recusou a falar algumas palavras de conforto. A esposa tentou ler um pequeno discurso que preparou, dopada, algumas horas antes, mas não teve forças. Desabou. Sua mãe acolheu-a. Os presentes choraram. Desceu-se o caixão. Jogaram terra. A vida dos demais precisava seguir.

XX

Teresa cuidou da família por algumas semanas, sem altercações. Lavínia parecia estar afundada no luto, e Lúcia fechava-se em si, sem conseguir processar suas emoções. O apartamento foi limpo de cima a baixo. Nos dias seguintes ao enterro, descobriram que Vera tinha, além de suas vastas economias e daquele imóvel, um seguro de vida de vasta soma em nome de Lavínia, Teresa e Lúcia. Não precisariam mais se preocupar com trabalho. Mas Lavínia queria voltar, tão logo quanto possível, às suas funções de policial civil, e Teresa queria tornar-se mesmo uma psicóloga. Lúcia estaria livre para fazer o que quisesse de sua vida; o que podia ser não fazer nada, se fosse esse o seu desejo. Quando ela se recuperou parcialmente do trauma de perder a mãe, perguntaram-lhe o que ela gostaria de fazer quando adulta. Queria cuidar dos animais, foi o que disse. Ficou subentendido que pretendia ser veterinária. E isso alegrava em muito os corações de Teresa e Lavínia. Chegaram a cogitar trazerem um cão ou um gato para casa, mas acordaram que o melhor seria esperar que a própria Lúcia o fizesse. Avisaram-na que poderia ter um bichinho, quando desejasse. Ela disse que já tinha: um caracol que habitava as plantas de seu quarto.

Lúcia voltou ao seu colégio. Lavínia, à delegacia de Itoupava Norte, perto da qual estava sua casa, que colocara finalmente à venda. Teresa matriculou-se em um cursinho preparatório. Levava sua irmã à escola e, de lá, encaminhava-se para suas aulas. Assistia aos módulos matutino e vespertino, com pausa para um almoço leve em um restaurante a quilo nas redondezas. Dessa forma, ninguém estava em casa ao longo do dia. E era o melhor. Assim, ninguém ficava sozinha no apartamento. Lavínia estava mergulhada em seu trabalho. Lúcia, em seu mundo. Teresa tentava se concentrar nos estudos, mas o temor do próximo lance de Almeida a distraía.

No final do inverno, o deputado fez sua jogada. O automóvel preto seguiu a jovem após deixar sua irmã na escola, e a motorista aproveitou uma aproximação para dizer-lhe que entrasse no carro. Ela o fez como quem oferecia uma carona, para não levantar suspeitas. Teresa sentou-se no banco da frente como se fosse uma amiga. "Hoje tu não vais ao curso", ouviu. Não quis protestar. Era inútil. Sabia que esse dia chegaria logo. De cabeça erguida contemplou o bairro enquanto o carro a levava de volta ao seu apartamento. No caminho, o automóvel fez uma breve parada para apanhar o deputado Almeida, que saiu de uma barbearia e abriu a porta de trás, à direita. "Bom dia, Laura. Tive saudades", falou o velho, com seus pelos faciais bem aparados. Teresa nada respondeu. Sentia o momento do sacrifício se aproximando. Precisava entregar-se mais uma vez ao verme asqueroso para que sua família seguisse em paz.

Pararam no prédio. Enquanto descia, Almeida ordenava à motorista que esperasse por ele ali. A mulher apanhou no porta-luvas *O Idiota*, de Dostoiévski, e reclinou seu assento. O deputado abriu a porta para Teresa. Quando ela não saiu, ele disse: "Não vamos dificultar ainda mais as coisas". Entraram no prédio. No corredor, Teresa foi cumprimentada por um vizinho: "Olá. Tu não teve curso hoje, querida?". Ela respondeu apenas: "Foi". O vizinho olhou para Almeida e o reconheceu de sua campanha política. "Bom dia, senhor", ele lhe disse. "Muito bom dia", respondeu, ríspido, o deputado. O vizinho apanhou seu celular com pressa estudada. O político e sua perseguida pegaram o elevador como se a morte aguardasse por ela no fim do caminho.

No corredor, toparam com uma vizinha, uma senhora beirando os setenta, mas muito vívida. Nem bem a cumprimentou, ela parou Teresa e pediu ajuda para mover o sofá da sala. "Não pode ser outra hora?", a jovem perguntou. "Se não houver incômodo, eu preferia que fosse já", respondeu a mulher. Teresa olhou para Almeida e ele consentiu. Não tinha pressa. Esperara meses, podia esperar uns minutos. A vizinha ofereceu um café ao deputado, que aguardou ansioso o processo. Ele fora novamente reconhecido. A mulher fez questão de dizer que votou nele. Desconcertado, Almeida apenas respondeu: "Obrigado". O político olhava o celular a cada cinco minutos, até que se cansou e disse: "Temos de ir". Foi uma expressão tal de autoridade que a vizinha se sentiu compelida a liberar a pobre Teresa. Antes de partirem, ofereceu um copo de suco de laranja e disse que não aceitaria desfeita. Tiveram de aguardar que apanhasse um trambolho eletrodoméstico que costumava usar para preparar esse tipo de suco. Tivessem só um pouco de paciência. O deputado encolerizava-se. Chegou, enfim, o suco. Tomaram rápido, sem a devida cerimônia. Estava tão forte que atacou a gastrite de Almeida. Agradeceram. Saíram em silêncio do apartamento da solitária senhora, enquanto ela apanhava o celular.

Chegaram à porta do apartamento de Teresa. Ela apanhou o molho de chaves. De tão nervosa, a visão turvou-se, e ela errou na escolha do objeto de metal algumas vezes. Em algum momento, porém, era preciso estar correta, e a fechadura recebeu sua amante ocasional. Teresa respirou fundo e abriu a porta de casa. Seu lar estava escuro, com as cortinas fechadas. Precisou procurar o interruptor no tato. Encontrou. Acendeu a luz. Demorou para se acostumar à luminosidade. Almeida limpou a garganta. Sabiam o que ele queria. Onde fariam? Não poderia ser em outro lugar senão em seu quarto. Seu quarto de infância, último refúgio de sua essência. Seria área de Laura, não dela. Não teria mais quarto, dormiria no único cômodo que transformava o apartamento em um bordel. E para tal cliente! E com sua irmã dormindo no quarto ao lado! O deputado fez um elogio ao bom gosto dos móveis. Teresa respondeu que foi sua mãe que os escolheu, ao que o político retorquiu que percebia-se tratar-se de uma mulher de alta classe. E agora ela pensava na mãe. Aquela era a casa da mãe dela! Que direito tinha de cometer tal ato na casa de sua mãe? Almeida estava impaciente. Perguntou onde ela dormia. A jovem apontou a entrada de seu quarto. Entraram. "Você sabe o que fazer", disse o velho. Ao que Teresa começou a despir-se pelo casaco, fazendo uma dancinha constrangedora para postergar o inevitável. O deputado havia chegado ao ápice de sua capacidade de espera. Empurrou a amante com força na cama, com o rosto a afundar-se no travesseiro e os seios a apertarem-se no colchão. Começou a abrir o cinto. Não tinha mais idade para preliminares.

Nesse momento, ouviram a chave da porta da frente girar. Alguém chegou. Foram à sala. O deputado primeiro, repondo o cinto. Teresa depois, se recompondo. A porta de repente se abriu. Toparam com Lavínia. Ela não pareceu surpresa ao dar com o casal no apartamento. Olhou profundamente para os dois. Disse: "Bom dia". Depois, retirou uma pasta de arquivo policial de seu casaco, sentou-se em uma das poltronas da sala e pôs a pasta na mesinha diante dela. "O que significa isso?", quis saber o deputado. "Por que o senhor não se senta? Temos de conversar", disse a madrasta de Teresa. Ele se sentou no sofá, espaçoso que era, e a jovem, na outra poltrona. "O que é isso?", disse o velho, apontando para a pasta, que trazia seu nome. "É um dossiê, senhor deputado", respondeu Lavínia, e completou: "Isso me tomou alguns meses de árduo trabalho. Mas, no final, foi mais fácil de montar do que imaginei. O segredo foi falar com as pessoas certas. Sabe, senhor Almeida, eu não confiaria em quem se diz teu amigo... Tem muita gente próxima querendo te ver na lama", disse a policial. Explicou: "Eu descobri, cobrando favores aqui e ali — com as fontes certas, teus inimigos na Câmara e alguns amigos meus na Polícia Federal —, todos os teus podres: de crimes pesados a constrangimentos públicos".

Almeida apanhou a pasta e a folheou. Lá estavam informações que ele julgava secretas e que poderiam render o fim de sua carreira política ou mesmo um tempo na cadeia. "Evidentemente, essa é apenas uma cópia", disse Lavínia, e seguiu: "O senhor é um homem esperto, claro. Já deve imaginar que eu tomei precauções para que tudo venha a público caso algo aconteça a mim ou a minhas enteadas". "Tu não sabes o vespeiro em que estás te metendo", ameaçou o deputado. "Pelo contrário. Eu produzi o dossiê, então sei muito bem. Vossa Senhoria é que não sabe a família com que se meteu", retorquiu a policial.

Ficou claro que parte do material viria a público de qualquer forma, pelas mãos dos inimigos do deputado na Câmara, bem como que a Polícia Federal estava preparando seu próprio dossiê contra ele. Lavínia tivera sorte, aproveitara um momento oportuno. Almeida cairia de toda forma, cedo ou tarde. Ela só apressou o inevitável. Convinha que ele concentrasse sua atenção e seus esforços em livrar-se da enrascada. "Tu não te preocupe. Nenhum dossiê será tão completo quanto o meu. Eu fiz questão de ir fundo. Estava muito motivada. Então, mesmo que te mergulhem na merda, senhor deputado, lembre-se de que eu ainda posso fazer-te engolir todo o esgoto com essa minha bota", disse Lavínia, e fechou: "Agora, por favor, saia da minha casa".

Com a fuga de Almeida, confirmada quando seu automóvel deixou a rua, Teresa deixou-se esparramar na poltrona e pôs-se a chorar. Lavínia sabia que era melhor não a interromper. Alguns minutos depois, já acalmada, a jovem perguntou como ela sabia que o deputado a havia abordado. "Deixei os vizinhos de sobreaviso. Pedi que me informassem e que a segurassem para dar tempo de eu chegar", respondeu a madrasta. Teresa se levantou e foi abraçá-la, já quase desmaiando. "Eu pedi uma licença hoje. Por que tu não deita um pouco e eu te chamo quando for a hora de comermos? Não te preocupe mais: o pesadelo acabou", disse Lavínia. A jovem foi para o quarto, seu quarto de infância, o último refúgio de sua essência, e dormiu profundamente até o início da tarde.

XXI

Teresa acompanhou a perseguição dos inimigos a Almeida. Nas semanas seguintes, o deputado foi alvo de intensa atenção midiática, com a revelação de apenas um terço do que Lavínia investigara. Ao fim de um mês, ele foi preso. Foi solto pouco depois, para responder ao processo em liberdade. Usou de qualquer desculpa para sair do país e não mais voltar. Quando a policial e sua enteada ficaram sabendo, fizeram uma pequena festa. Um longo capítulo da vida de Teresa se encerrara.

A jovem pensou em dar uma passada em Florianópolis para visitar André. Queria saber como ele estava. Será que ainda morava no mesmo apartamento? Teria se mudado pra casa dos pais? Gostaria de vê-la? Desistiu. O sofrimento pelo qual ele passara estava ligado a ela. Indiretamente, era sua culpa. Não fora ela quem ordenara a surra, mas fora ela a razão. Se ele não a conhecesse, se não tivesse se tornado seu melhor amigo, não teria apanhado até o coma.

Teresa pediu a Lavínia que sondasse o destino de André. A policial aproveitou um final de semana para checar os endereços passados, do rapaz e de seus pais, fazer perguntas. Voltou com a exata situação do rapaz: ele morava agora com a família e estava ainda se recuperando da surra. A mãe dele culpava Teresa e não queria saber dela. O rapaz estava mais introspectivo que de costume, mas deixou claro que sentia saudade de sua falsa namorada. A jovem chorou ao saber de seu amigo. Ficou de visitá-lo, apesar de sua mãe, mas a vergonha a impediu. Era a última porção de Laura em sua vida e queria livrar-se de vez desse passado. Lavínia aproveitou a viagem para checar o antigo apartamento de Teresa. O senhorio de fato vendeu os móveis e as roupas para compensar a quebra de contrato. Como o deputado forçara a agência a apagar as fotografias que tinha de Laura, não havia mais indícios de sua existência, para imenso alívio de Teresa.

Lúcia conseguiu seguir seu caminho sem sua amada mãe. Vez por outra parava em seu quarto, dava um suspiro e encarava o vazio. Mas, no mais das vezes, agia com sua reserva natural. Ela não conseguiu outra amizade por meses, ficando sempre sozinha nos recreios. Em vez do contato humano, preferia passar seus dias avaliando o comportamento de pequenos animais. Descobriram que ela cuidava de uma barata que encontrara na escola e guardara em sua lancheira. Apesar do risco à saúde, acharam por bem deixá-la ter seus bichinhos, fossem quais fossem. Um dia, ela seria uma bióloga e se dedicaria a estudar a inteligência animal.

Lavínia não largou a viuvez por uns anos. Somente se permitiria entrar em novo relacionamento quando as feridas da perda de Vera cicatrizassem. Foi quando começou a envolver-se com uma produtora cultural que conhecera durante um ciclo de peças teatrais. A namorada de sua madrasta ganhou logo o apoio de Teresa e não provocou reações negativas de Lúcia — o que já era lucro.

Teresa conseguiu ser aprovada para o curso de Psicologia da Universidade Regional de Blumenau. Dedicou-se integralmente às aulas, não se permitindo as distrações usuais da idade. Tinha medo de cercar-se de amigos, de ter novamente um namorado e seu tempo como Laura vir à tona, trazendo humilhação e distanciamento. Tal como sua mãe, preocupava-se demais com o que dela pensariam os estranhos. Perto do final de seu curso, aproximou-se de um colega e começou um relacionamento amoroso regular. Nada que ela gostaria de estender. Fez seu trabalho sobre autismo em meninas, usando a própria irmã como caso. Concluindo o curso, usou parte de sua herança para montar uma clínica especializada em psicologia infantil. Foi satisfatoriamente feliz.

DIEGO CALLAZANS

nasceu em Ilhéus em 26 de julho de 1982 e tem morado em Aracaju desde 1987. É autor de *A poesia agora é o que me resta* (Patuá, 2013), *Nódoa* (7Letras, 2015), *Contos Estranhos* (7Letras, 2019), *do romance Urinol* (Caravana, 2021), além da plaquete *Blasfêmias* (7Letras, 2015). Foi incluído em duas antologias de poesia brasileira contemporânea: a portuguesa *Naquela Língua* (Elsinore, 2016) e *É agora como nunca* (Companhia das Letras, 2017, & versão portuguesa: Cotovia, 2017). Foi selecionado para uma residência literária realizada pelo Sesc em Santa Catarina entre maio e julho de 2018.

este livro foi publicado

no inverno

de 2021